Cendrillon du trottoir

Illustration et conception couverture : © Yoann Laurent-Rouault
©2020. EDICO

Édition : JDH Éditions
77600 Bussy-Saint-Georges. France
Imprimé par BoD – Books on Demand, Norderstedt, Allemagne

ISBN : 978-2-38127-065-4
Dépôt légal : septembre 2020

Bianca Bastiani

Cendrillon du trottoir

Le destin d'une Cendrillon dans l'enfer du sadomasochisme

JDH Éditions
Magnitudes
8.0

Avant-propos

Cette histoire est inspirée de faits réels,
qui se déroulèrent sur une période longue de 15 ans.
Toute ressemblance avec des personnages existants
ou ayant existé n'est pas fortuite.

À mon bien-aimé fils.
Pardon mon chéri,
Je fus une maman triste et suicidaire,
J'ai disparu du jour au lendemain.
N'aie pas de rancune envers ton père,
Il s'est toujours bien occupé de toi.
Tout le reste, c'est entre lui et moi.
Cela appartient désormais au passé.

À ma meilleure amie, qui se reconnaîtra en Valérie.
Merci, tu m'as sauvée.
Sans ton soutien indéfectible, je ne serais pas là pour témoigner.

À toutes les femmes battues.
À celles qui ne sont plus.

La playlist de Cendrillon

1. Florent Mothe, *Les blessures qui ne se voient pas.*
2. Téléphone, *Cendrillon.*
3. Damien Saez, *Sexe.*
4. Gérald de Palmas, *Jenny.*
5. Hubert-Félix Thiéfaine, *Cabaret Sainte-Lilith.*
6. Damien Saez, *Pilule.*
7. Jean-Jacques Goldman, *Pas toi.*
8. Olivia Ruiz, *Le calme et la tempête.*
9. Hubert-Félix Thiéfaine, *Chambre 2023 (et des poussières).*
10. Hubert-Félix Thiéfaine, *Lorelei Sabasto cha.*
11. Serge Gainsbourg, *La décadanse.*
12. The buns, *Fais-moi mal Johnny.*
13. Hubert-Félix Thiéfaine, *Mathématiques souterraines.*
14. Hubert-Félix Thiéfaine, *La môme kaléidoscope.*
15. Diam's, *Dans ma bulle.*
16. Daniel Dalavoine, *Soulève-moi.*
17. Eddy de Pretto *Fête de trop* - Johnny Halliday, *Gabrielle.*
18. Georges Brassens, *Les copains d'abord.*
19. Édith Piaf, *La vie en rose.*
20. Aliose, *Je n'suis pas folle.*

J'ai toujours écouté beaucoup de musique. Je vous propose de découvrir la playlist de Cendrillon en vous rendant sur son compte YouTube :
https://music.youtube.com/playlist?list=PLLHvlk593BpREPTjktvM3teSrHfsXZHFp

Mes préférences vont vers les chanteurs à textes français. Je voue une immense admiration à Hubert-Félix Thiéfaine. Mon rêve ultime en matière d'écriture serait de devenir parolière. J'aimerais choisir mes mots pour ces artistes qui me transportent !

Poésie et musique me passionnent depuis toujours. Au début, je ne savais comment raconter mon histoire, alors je l'ai mise en vers. J'admire particulièrement Baudelaire, Verlaine et Lautréamont. Vous trouverez quelques-uns de mes poèmes-chansons en fin d'ouvrage.

1

Le crachat

« Il y a des souffrances qui pèsent des tonnes.
Pour ne pas que tout espoir nous abandonne,
On joue le rôle de celui pour qui tout va bien,
Pourvu que les autres n'en sachent rien.
On fait au mieux pour sauver la face,
Pour que notre entourage ignore par où l'on passe.
On rit on danse, on fait les fous comme à Venise
Mais quoi qu'on fasse, mais quoi qu'on dise.
Les blessures qui ne se voient pas,
Nous font du mal bien plus que toutes les autres.
On les enferme au fond de soi,
Mais est-ce que toute une vie on les supporte ? »

FLORENT MOTHE
Les blessures qui ne se voient pas
2013, Universal.

JE M'APPELLE BIANCA CENDRINE BASTIANI. Bianca était le prénom de mon arrière-grand-mère, mais tout le monde utilise mon deuxième prénom, Cendrine. J'ai douze ans. Je suis la risée de mon collège. Solitaire dans la cour de récréation, je rase les murs. J'évite de me faire remarquer, d'attirer le regard et les moqueries. Mais c'est peine perdue, je suis leur tête de Turc. C'est ainsi depuis la maternelle. Aujourd'hui, il pleut. Je porte des bottes en caoutchouc et un imperméable en plastique transparent ; dessous, un pull jacquard tricoté par ma mère et un pantalon en flanelle. Les autres sont en jean, blouson, baskets à la mode.

Je sens leurs regards dans mon dos, lourds comme une accusation. Soudain, un garçon se détache du groupe. Il me fait face en me barrant le passage, un méchant sourire ironique sur son visage. Et là, devant tout le collège, il me crache dessus, un immonde molard qui s'étale comme une injure sur mon imperméable. Les rires fusent de toutes parts, et aussi les moqueries : « Cendrillon ! Cendrillon ! Cendrillon porte des haillons ! » Je suis une plouc, comme ils disent.

J'avance. J'ai envie de pleurer. Je retiens mes larmes. Je vais aux sanitaires. Devant les lavabos, des grandes se maquillent. J'attrape fébrilement un mouchoir en papier. Je frotte le crachat méthodiquement jusqu'à ce qu'il disparaisse. Je fonce ensuite m'enfermer dans les toilettes pour enfin pouvoir pleurer à l'abri des regards. Le crachat a disparu, mais la blessure est toujours là et pour longtemps. Un jour, ils verront... Un jour, je ne porterai plus de grosses lunettes ; j'aurai des vêtements modernes et des talons hauts. Un jour, moi aussi, je me maquillerai.

Ma journée au collège s'achève. Je rentre à la maison en vélo. Mon père travaille dans son bureau. Comme toujours, il est extrêmement occupé. Je l'entends dicter une lettre à sa secrétaire. Je monte embrasser ma mère.

Elle tricote un pull pour ma petite sœur. Elle me questionne sur ma journée, en comptant ses mailles. Je ne veux pas l'inquiéter en lui racontant l'incident du crachat. Depuis le décès prématuré de mon grand frère, ma mère est suivie pour une psychose maniaco-dépressive. Elle n'est plus la même. Je ne l'entends plus jamais chanter. Quand mon père sort son accordéon pour la distraire, elle bougonne. Aujourd'hui, elle me parle du temps gris et humide. Elle se félicite d'avoir terminé mon beau pull jacquard à temps pour affronter une telle météo. Je repense aux injures : « Cendrillon porte des haillons ! » Si ma mère savait cela… Elle a mis tout son amour et passé tant d'heures à la confection de ce lainage. Son tricot la distrait quelque peu de ses idées noires. Alors, malgré ma douleur, je ne me confie pas. Je garde ma peine que j'enfouis en moi, au plus près de mon cœur, parmi tant d'autres.

2

Le prince charmant

« Cendrillon pour ses vingt ans
Est la plus jolie des enfants.
Son bel amant, le prince charmant
La prend sur son cheval blanc.
Elle oublie le temps
Dans ce palais d'argent.
Pour ne pas voir qu'un nouveau jour se lève,
Elle ferme les yeux et dans ses rêves
Elle part, jolie petite histoire.
Elle part, jolie petite histoire. »

TÉLÉPHONE, *Cendrillon*
1982, Universal Music Publishing Group.

IL S'APPELLE LIONEL. Il possède une superbe Citroën DS rouge ornée d'un autocollant sur la lunette arrière où l'on peut lire : « Le chef, c'est moi ! » Tout le monde respecte Lionel. On le craint. Il ouvre les portières de sa voiture et une demi-douzaine de filles parmi les plus belles du lycée s'engouffrent à l'intérieur. Lionel fréquente le Safi, une discothèque à la mode. Le patron lui offre des cigares et une bouteille de whisky. Il a une banquette réservée comme un VIP. Lionel est une grande-gueule ; il aime être remarqué.

Ce petit caïd a jeté son dévolu sur moi, Cendrine, la Cendrillon des cours d'école. Je vis un véritable conte de fées à ses côtés. Mes anciens harceleurs me saluent respectueusement, désormais. Plus personne ne songerait à me cracher dessus.

J'ai dix-sept ans et mon « prince charmant » en a presque vingt-cinq. Physiquement, je suis métamorphosée. Des verres de contact ont remplacé mes vilaines lunettes. Je suis coiffée à la lionne, c'est du plus bel effet, vive les permanentes ! Je porte des mini-jupes en jean et des robes féminines. Lionel m'a offert mon tout premier porte-jarretelles avec une paire de bas en soie. Mon petit ami apprécie les jeunes femmes sensuelles. Il m'initie à l'art de plaire.

Ma mère déteste Lionel et se méfie de lui. Elle le trouve beaucoup trop âgé pour moi. Il a mauvaise réputation, avec des manières parfois douteuses. Elle déplore l'influence qu'il exerce sur ma personne. Elle la juge néfaste. Je me moque complètement de son opinion. Je suis amoureuse de cet homme et c'est la seule chose qui m'importe. Il est mon prince…

3
Le salon érotique de Barcelone

« Mets ta langue où tu sais !
Non ne t'arrête pas !
Continue de lécher !
Que j'aime quand tu fais ça,
En totale soumission,
En total don de toi-même.
Fais monter l'excitation
Pour l'amour et la haine.
Ça fait du mal, ça fait du bien.
Ça fait du mal, ça fait du bien. »

DAMIEN SAEZ, *Sexe*
2002, Island.

LES FLASHS CRÉPITENT, LES PHOTOGRAPHES SE BOUSCULENT POUR IMMORTALISER LA SCÈNE. Un marquis de Sade, tout de cuir vêtu, cravache en main, tient en laisse une magnifique créature harnachée, rampant à terre dans la plus totale soumission. Un journaliste s'approche, micro en main, dans le but d'interviewer le Maître. L'esclave se doit de rester muette.

Le producteur Lionel LeRouge et la star montante du sadomasochisme, Cendrine Bastian (mon nom d'actrice, à peine déguisé), sont en représentation pour la promotion de leur dernière vidéo, *La masochiste*. Les droits du film ont été achetés par une importante société espagnole. Lionel est satisfait, il vient de conclure une très bonne affaire. À son retour en France, il se rendra à Paris, accompagné de sa vedette, pour négocier la vidéo avec la maison Démonia. Lionel est extrêmement fier de ce film. C'est son chef-d'œuvre. Il l'a pensé et réalisé lui-même dans les moindres détails. Il est également fier de son esclave. Sans elle, le projet n'aurait pu aboutir. Il adore l'exhiber ainsi, nue, épilée, les seins et l'intimité ornés d'impressionnants piercings. Elle est le pilier de sa société. Pourtant, depuis quelque temps, Cendrine l'inquiète. Elle montre des signes de faiblesse et de fatigue qu'il juge impardonnables et s'efforce de réprimer en se montrant plus sévère que jamais. Pourvu qu'elle ne fasse pas une énième dépression, ou pire encore, une nouvelle tentative de suicide. L'empire de Lionel repose sur les frêles épaules de la jeune femme. Il ne faudrait pas qu'elle s'effondre maintenant, au sommet de sa gloire. Sa créature, il l'a façonnée, manipulée, créée de toutes pièces. Elle n'était rien, à peine une ébauche. Il lui a tout appris, de A à Z : comment marcher sur des talons de quinze centimètres, comment porter des mini-jupes sans rien dessous, comment subjuguer les hommes, et surtout comment accepter et supporter la douleur, toutes formes de douleurs, même les plus aiguës. Son esclave est une référence. Il en a fait une star, sa star.

Je ne dors pas. Lionel ronfle à mes côtés. Dans cette chambre d'hôtel à Barcelone, les yeux grands ouverts dans l'obscurité, je réfléchis. Et pourtant, je suis complètement épuisée, mais impossible de fermer l'œil. La journée a été fatigante, stressante avec tous ces photographes, ce bruit, cet étalage de perversions sexuelles en tous genres, dont je suis l'une des vitrines. Lionel me met la pression, sans arrêt. Il s'y croit et se fait appeler Maître même lorsque nous faisons l'amour. Mais peut-on encore appeler faire l'amour l'espèce de coït brutal qu'il m'impose ? Nos relations sexuelles s'apparentent plus à des viols.

Lionel répète souvent que je lui dois tout, et pourtant, il m'a pris mon bien le plus précieux, mon fils, Lucas. Je n'ai ni le temps, ni l'énergie, ni la force de m'occuper de Lucas comme je le voudrais. Je n'ai pas l'allure d'une mère de famille, de celles qui préparent des gâteaux le mercredi après-midi. Lucas me manque. J'ai hâte d'être de retour à la maison pour aller le récupérer chez la nounou. Notre vie de famille, c'est du grand n'importe quoi. Parfois, comme ce soir, je me demande si Lionel ne m'a pas fait un enfant dans le seul but de mieux m'asservir. Je me sens vide, tellement vide. Je ne suis qu'un fantasme, une perversion. Toute la journée, le Maître m'a exhibée au bout de sa laisse comme un phénomène de foire, une chienne bien dressée. Je n'en peux plus de jouer le rôle de la parfaite esclave qui obéit au doigt et à l'œil. Ça va trop loin, tout ça ! Lionel n'a jamais été facile à vivre, c'est le moins que l'on puisse dire, mais depuis qu'il se prend pour le plus grand des producteurs de sadomasochisme, il dépasse les bornes. Il me traite comme sa soumise jusque dans notre vie de tous les jours. Il m'humilie, me maltraite et me brutalise à la moindre occasion, soi-disant pour mieux forger ma personnalité. Je crois qu'il devient un fou sadique. Fréquenter le milieu SM ne lui réussit pas. Je me tourne et me retourne dans le lit, ça cogite dans ma tête. Les piercings me gênent. Le Maître possède un outil spécial pour les retirer, mais je dois les porter la plupart du temps, de jour comme de nuit. C'est très inconfortable. J'en ai huit, deux à chaque téton, un sur le capuchon du clitoris et un sur chaque lèvre de la vulve, plus celui du nombril. Parfois, le Maître accroche un cadenas de petite taille (mais suffisamment lourd pour que cela soit douloureux) aux deux piercings des lèvres intimes, ceci dans le but de les étirer. Les sadomasochistes sont dingues. Depuis que je fréquente leur milieu, j'ai vu des choses inimaginables pour le commun des mortels. Quand je pense que mes séances de piercings ont été immortalisées sur vidéo et sont disponibles à la boutique Démonia… Quand je pense que c'est Lionel lui-même qui m'a percée et qu'il s'est fait la main sur moi… Un cobaye, voilà ce que je suis devenue !

Une nuit complète, c'est atrocement long quand on est insomniaque. On peut voir défiler le fil complet de sa vie. Lionel dit souvent « quand on a un cul comme le tien, on n'a pas besoin de réfléchir ». Il me croit stupide, complètement stupide, mais mon problème, justement, c'est que je réfléchis, je réfléchis beaucoup trop, même. La nuit, au calme, c'est le meilleur moment pour analyser la situation. J'ai l'impression d'être dans un tunnel dont je ne verrai jamais la sortie. Je manque d'air. Je ne trouve pas l'issue. Je mène une vie de marginale sans liberté. Il n'y a que le cannabis qui m'apaise. Lionel me roule des joints quand j'en ai besoin. Avant le tournage d'une scène difficile, par exemple… Il sait que fumer me détend, mais ne veut pas que je sois défoncée, ça fait mauvais genre, alors que ce qui me distingue des autres, justement, c'est que j'ai la classe ! Enfin, c'est ce qu'ils disent tous, car moi, je n'en sais rien. Soudain, je me remémore un souvenir lointain : j'ai douze ans et un petit imbécile du collège m'a craché dessus. Ce crachat, cette souillure, cette injure, j'ai tout fait depuis pour l'effacer, tout… et pourtant, rien n'a changé. Plus que jamais, je suis salie, souillée ; plus que jamais, l'injure est là ! Je ne trouverai pas le sommeil cette nuit. Je dors de moins en moins… Demain, je forcerai sur l'anticernes et le fard à joues. Je peux encore faire illusion. Je suis une belle femme.

Je me rappelle le moment où les photos du premier film pour Démonia sont sorties dans la presse spécialisée. Je me souviens comme j'étais fière, au début. Les critiques étaient bonnes. J'étais sur mon petit nuage. J'en oubliais la douleur éprouvée sur le tournage. Lionel était content de moi. Il me disait que j'irais loin, que bientôt, j'arrêterais tout le reste, que l'on gagnerait suffisamment d'argent pour s'offrir de belles vacances. Si j'avais su à l'époque, si j'avais pu deviner où tout cela allait me mener… De l'argent, ça en a rapporté, effectivement, mais très vite, il fut dépensé. Au début, Lionel s'était associé avec un réalisateur, puis il voulut être indépendant. Il s'endetta pour acheter du matériel professionnel, notamment une caméra. Il contracta plusieurs crédits à la consommation, alors qu'il avait déjà du mal à rembourser celui de la voiture. Mais il est comme ça, Lionel, il s'engage pour des crédits qu'il ne rembourse jamais. Officiellement, il est au RMI (le RSA actuel). Sa société, c'est du bidon, il n'a jamais déposé les statuts. Pourtant, de l'argent, j'en gagne tous les jours, des espèces, que je lui donne. Il est censé le gérer, le répartir dans des enveloppes pour payer le loyer, les factures, les courses… Si je commence à faire les comptes, je ne suis pas près de trouver le sommeil. Pour le loyer, heureusement que nos propriétaires sont patients, actuellement, nous avons plusieurs mensualités de retard. Cela n'inquiète pas Lionel qui connaît bien la loi : « Ils n'ont pas le droit de nous mettre dehors en hiver, surtout avec un enfant. »

En fait, Lionel dépense tout l'argent que je lui donne. Une bonne partie passe dans sa voiture, ses enceintes, son autoradio et son précieux matériel de cibiste. Il vit largement au-dessus de nos moyens, mais cela fait partie du personnage.

C'est un cercle vicieux sans fin, un serpent qui se mord la queue ; je travaille comme une folle pour gagner de plus en plus d'argent et Lionel dépense tout. J'avais ouvert un compte-épargne pour Lucas, mais il reste désespérément vide. Entre mes clients, la vente de photos, vidéos amateurs et autres petites culottes portées (j'étudie aussi les demandes plus spécifiques), les vidéos SM professionnelles et quelques tournages X, je n'ai pas le temps de souffler. Sans compter que ce misogyne de Lionel ne fait rien à la maison. Je me charge donc du ménage, de la cuisine, lessive, vaisselle… Et aux dires du Maître, ce n'est jamais assez bien fait. Il est toujours sur mon dos à me distribuer des punitions quand ce ne sont pas des coups de fouet ou de cravache. Alors, parfois, je m'écroule, sans prévenir, je m'effondre. Lionel essaie tout d'abord la manière forte ; quand il se rend finalement à l'évidence, il m'accorde un peu de repos. Certaines fois, il est nécessaire d'appeler un médecin. Ensuite, le temps de me remettre sur pied, l'argent ne rentre plus et comme on ne peut pas vivre sur nos économies, on se restreint.

J'essaie de voir le verre à moitié plein. Avec l'argent de cette vidéo, nous allons pouvoir payer les loyers en retard et quelques mensualités du crédit. On aura le temps de voir venir. Pourvu que Lionel ne craque pas tout en futilités ! Je n'ose plus rien lui dire. Il est bien trop imbu de sa personne, beaucoup trop dominateur et coléreux. Je le laisse agir à sa guise, tant pis si nous courons à la ruine. Un jour, nous aurons des ennuis, j'en suis sûre, à gagner notre vie dans l'illégalité la plus complète. Lionel s'en moque. Il se moque de tout. Il a un ami qui travaille aux impôts, un Monsieur qui fait de la politique, une huile, quoi… Cet homme, c'est un sale vicieux, je le déteste. Et dire que lorsqu'il vient passer la soirée chez nous, je dois faire semblant… Je les déteste tous. Lionel a des tas d'amis, des costumes-cravates comme le type des impôts, les cibistes et puis des gars plus ou moins louches, trafiquants de drogue, gitans, adeptes de pratiques extrêmes…

Lionel a aussi des copines… Je n'ai jamais voulu donner raison aux rumeurs et autres ragots. Je sais très bien que je suis la meilleure et qu'aucune autre femme ne m'arrivera jamais à la cheville ! Je sais exactement comment le satisfaire, je connais ses fantasmes ; malgré moi, je l'aime encore. Je finis par m'endormir au petit matin. Le réveil va bientôt sonner.

4

Le pas de trop

« Jenny va encore se coucher tard.
Jenny passe ses nuits dans les bars.
Dans ses sourires, dans ses regards
Se mélangent le doute et l'espoir.
Vous n'aurez pas à faire d'efforts.
Jenny vous aimera de tout son corps,
Pour une heure, pour une nuit.
C'est comme ça qu'elle gagne sa vie. »

GÉRALD DE PALMAS, *Jenny*
2013, Mercury Music Group-Universal.

IL A SUFFI DE QUELQUES MOIS POUR QUE TOUT BASCULE. Des années plus tôt, en 1991, Lionel vient d'obtenir sa mutation à Perpignan, Lucas a deux ans. Nous louons une maison avec jardin dans un charmant village, à la périphérie de la ville. Nous vivons à deux pas d'une école et d'une boulangerie, dans un quartier calme. Lionel gagne bien sa vie, avec treizième mois et voiture de fonction, il s'occupe d'un projet immobilier sur la côte. En ce qui me concerne, j'élève mon fils en faisant du baby-sitting et quelques heures de repassage. Nous n'avons aucun problème de trésorerie, nous payons notre loyer, nous remboursons le crédit du 4x4 de Lionel. Mais la crise du Golfe s'éternise. L'employeur procède à des licenciements économiques, le chef de famille se retrouve au chômage à trente et un ans. Cependant, il touche de bonnes indemnités et ne s'inquiète nullement pour notre avenir.

Quelques mois plus tard, je remarque une petite annonce : « Recherchons hôtesses, bonne présentation exigée. » C'est assez vague… Je téléphone pour me renseigner. On ne m'en dit guère plus. Je dois me présenter à une adresse en ville. Je suis curieuse, Lionel me dépose devant l'établissement et m'attend dans le 4x4. Il s'agit d'un bar, Le Mayfair Lady. La patronne m'explique, sans entrer dans les détails. L'endroit est ouvert de vingt-deux heures jusque tard dans la nuit. Ils servent du champagne à la coupe, mais surtout des bouteilles. L'hôtesse doit inciter le client à consommer. Elle touche une commission plus d'hypothétiques pourboires. Je peux commencer le soir même si je veux. Je demande si c'est légal. La patronne me répond que oui, absolument, elle détient toutes les autorisations nécessaires. Cependant, je ne serais pas déclarée, ici, on travaille au noir. C'est louche… Je réponds que je vais réfléchir et je m'éclipse.

Dans la voiture, Lionel m'interroge :

— Alors, Bébé, tu commences quand ?

— Jamais !

— C'est quoi le problème ? dit-il d'un air excédé.

— C'est un bar de nuit, un bar à entraîneuses, et encore, je reste polie.

— Ne fais pas ta prude, Bébé ! Et puis, tu exagères. C'est juste un bar à hôtesses, habillées sexy pour faire boire les clients. Je ne vois pas où est le mal. On n'est pas en Espagne, tu sais ? Tu devrais essayer pour voir. Ça te coûte quoi de faire un essai ? Allez, fais-le pour me faire plaisir. Je t'aime, tu le sais ?

— Moi aussi je t'aime Lionel, mais je ne le sens pas, ce job, tu comprends ?

— Pense un peu à tous ces petits cons qui se foutaient de ta gueule au collège. Imagine un peu leur tronche s'ils savaient que tu gagnes ta vie grâce à ton physique ! T'es belle, tu le sais au moins, t'es super belle ! Les mecs, ils vont se bousculer pour t'offrir des verres ! Un petit travail d'appoint pas fatigant, ça se refuse pas ! Et puis, tu sais bien que j'ai des mensualités en retard pour le 4x4. Si tu pouvais m'aider un peu, ce serait bien.

— OK, Lionel. Je retourne dans le bar dire que je veux bien faire un essai ce soir, mais si ça ne me convient pas, j'arrête tout.

— Bonne décision. Je savais que je pouvais compter sur toi.

Il a suffi de quelques nuits sans sommeil dans une ambiance glauque et malsaine pour que je me retrouve internée dans une clinique psychiatrique. Mais comment en suis-je arrivée là ? Quelle est la part de responsabilité de Lionel ? Je lui en veux terriblement. Je refuse de le voir quand il vient à la clinique prendre de mes nouvelles. Ma psychiatre me comprend et me donne raison, il est interdit de visite. J'ai besoin de calme et de repos. Lionel ne me manque pas. Je le déteste. Par contre, je me languis de Lucas.

Dès le début, mon conjoint m'a encouragée et pourtant, il savait… Plus âgé, il connaît la vie. Pourquoi ne m'a-t-il pas préservée ? C'est lui qui m'accompagnait au bar tous les soirs à vingt-deux heures. C'est encore lui qui m'a donné une boîte de capotes, en me disant que j'en aurais peut-être besoin… Quand on aime sa femme, on ne fait pas ce genre de choses. Quand on est amoureux de sa femme, on ne la pousse pas délibérément dans les bras d'autres hommes. S'il m'aimait réellement, il m'aurait protégée des autres et de moi-même.

Je repense à la gifle. Lionel a levé la main sur moi. Il s'est emporté parce que je n'étais plus en état de travailler. Il voulait que je continue, pour l'argent, bien sûr. J'avais beau lui expliquer que c'était au-dessus de mes forces, il ne voulait rien savoir. Soudain, j'ai vu Lionel avec son vrai visage, déformé par la colère et la cupidité. Je crois que c'est à ce moment-là que j'ai basculé dans la folie. J'ai eu besoin d'en parler à quelqu'un, à un médecin. C'est ce généraliste qui m'a dirigée vers une psychiatre. Cette femme m'a écoutée. Elle a pris toute la mesure de ma souffrance. Elle m'a alors proposé de séjourner dans sa clinique, pour faire le point, pour me reposer, aussi. Lionel était opposé à cette hospitalisation. Il voulait me garder à sa merci.

Je crois que je suis très malade. Je le pense, car je prends beaucoup de médicaments. Je ne suis pas pressée de guérir, car j'ai peur de rentrer à la maison. J'ai peur de Lionel. S'il me forçait à retourner au bar ? D'un autre côté, rester ici signifie ne plus voir Lucas. C'est une situation impossible. De toute façon, je ne retournerai pas là-bas. Jamais. Supporter les clients, les vieux, les laids, les vicieux… Supporter la jalousie et la mesquinerie des autres filles. Rentrer enfin chez moi, ne plus pouvoir dormir, ne plus pouvoir prendre mon fils dans les bras tellement je me sens salie… Je ne veux plus, je ne peux plus. Quand je serai guérie, je chercherai un emploi de secrétaire, voilà tout.

C'est Noël et la clinique prend des airs de fête avec ses sapins décorés et ses guirlandes lumineuses, aussi colorées que les pilules que l'on me distribue. Cela fait plusieurs mois que je suis ici. Mon état est stationnaire. Ma psychiatre m'a fait une commission de la part de Lionel : il vient de vendre le 4x4, car il n'avait plus les moyens de l'entretenir. Il l'a échangé contre une berline plus économique. Je me demande s'il a pu rembourser l'exorbitant crédit qu'il avait contracté.

J'ai une permission de sortie de quarante-huit heures pour Noël. Je suis contente, car je vais réveillonner auprès de mon fils. Lionel vient me chercher tout à l'heure, en fin d'après-midi. J'appréhende un peu, car cela fait des semaines que je ne lui ai pas adressé la parole. Il m'attend dans le hall. Les infirmières lui confient les doses de médicaments nécessaires pour le week-end, avec des recommandations. Elles lui disent qu'au moindre problème, il peut me ramener à la clinique, de jour comme de nuit.

Dans la voiture, Lionel me fait des reproches :

— Vous êtes bien nourris dans cette clinique ! Ce que tu as grossi ! Tu ressembles à un thon, ma pauvre fille ! Toi tu te gaves, pendant que Lucas et moi, on se serre la ceinture ! Espèce de mère indigne, va ! Abandonner son propre fils depuis des mois…

— Ce n'est pas ma faute, je suis malade. Ce sont les médicaments qui m'ont fait grossir. Où est Lucas ?

— Il est chez la voisine. Tu sais bien qu'il ne doit pas venir dans cet asile. Ce n'est pas la place d'un enfant. Il est déjà suffisamment perturbé à cause de toi, le pauvre. À part ça, comment tu trouves la nouvelle voiture ?

— Oh ! Moi, tu sais, les voitures… Pourvu que ça roule… Et le crédit, tu l'as remboursé ?

— Avec quel argent ? J'ai eu la chance de trouver cette occasion et de pouvoir la troquer contre le 4x4.

— Donc, tu n'as plus le 4x4, mais le crédit court toujours ?

— Exactement, t'as trouvé ça toute seule ? Pfff !

Dans le jardin, mon labrador me fait la fête. Lui, au moins, a l'air heureux de me revoir. Les animaux sont plus fidèles que les hommes.

Lionel revient de chez la voisine avec Lucas :

— Maman, maman, tu m'as manqué !

— Toi aussi mon chéri, tu m'as beaucoup manqué, si tu savais…

— Oui, c'est ça ! ironise Lionel. Tu attends quoi, alors, pour te reprendre en main ?

Je préfère ne pas relever et profiter de la joie de revoir Lucas.

Mon petit garçon me raconte qu'il est allé voir ses grands-parents avec son père. Il a fait un long voyage en voiture pour leur rendre visite quelques jours.

— Tu sais, Maman, Mamie, elle dit des prières pour toi, pour que tu guérisses. Alors elle me les a apprises et moi aussi je prie pour toi, pour que tu guérisses vite.

— Merci mon cœur, merci mon chéri, dis-je, la voix pleine d'émotion.

— Et puis, j'ai eu des cadeaux. Papi a dit que c'était Noël avant l'heure. Mais le père Noël, il va quand même passer cette nuit. C'est Papa qui me l'a dit. Tu veux les voir les cadeaux de Papi ?

— Oui, mon ange, montre-les-moi.

Je joue aux petites voitures avec Lucas un long moment, puis je lui lis une histoire en le tenant tendrement serré.

Lionel m'appelle pour que je mette le couvert.

— Qu'as-tu prévu pour réveillonner ?

— Cassoulet en boîte et mousse au chocolat en sachet.

— Tu plaisantes ?

— Pas du tout ! On n'a plus une thune. Tu t'attendais à quoi ? Pour les huîtres et le foie gras, tu repasseras. Si « mademoiselle » avait gardé son job au lieu de faire une dépression, on n'en serait pas là.

— Et toi, tu peux pas chercher du travail ?

— Moi, figure-toi que pendant que tu te prélasses dans ta super clinique de luxe aux frais de la princesse, je m'occupe de Lucas, de la cuisine, du ménage, de la lessive… Alors, j'ai pas le temps de chercher du taf. Et puis, même si on me proposait quelque chose, qui s'occuperait d'accompagner Lucas à l'école, qui lui préparerait ses repas, certainement pas toi ?

Le ton monte. Lucas arrive, affolé :

— Papa, maman, pourquoi vous vous disputez ? C'est Noël ! Faut pas se disputer !

— Non, mon chéri, ne t'inquiètes pas, on ne se dispute pas. On parle fort, c'est tout, dis-je d'un ton rassurant.

Nous passons à table. Lionel me donne mes pilules, non sans se priver de faire des remarques désobligeantes. Je mange mon cassoulet en silence. Au dessert, Lucas dit que la mousse est délicieuse. Je suis triste. Je pensais que Lionel serait content de me revoir après si longtemps, qu'il préparerait un petit dîner de fête, qu'il se montrerait aimable… Je suis profondément déçue. Je songe à tout ceci en faisant la vaisselle. Ensuite, je m'installe sur le canapé à côté de mon petit qui regarde la télévision. Le dessin animé se termine et Lionel s'adresse à Lucas :

— Lucas, il est temps d'aller mettre ton pyjama pour faire un gros dodo.

— Oui, Papa. Maman peut me lire une histoire ?

— Oui, mon chéri, je vais venir te lire une belle histoire et demain matin, quand tu ouvriras les yeux, tu trouveras tous tes cadeaux au pied du sapin.

Je lui raconte une histoire qui se passe au pôle Nord avec les lutins du père Noël, puis je l'embrasse sur le front en lui souhaitant une bonne nuit. Toutes ces émotions m'ont épuisée. Je demande à Lionel mon cachet pour la nuit.

— Je te le donnerai tout à l'heure, après, quand on aura fait l'amour. Même si tu ressembles à un thon et si t'es moins bandante, j'ai quand même besoin de me les vider, depuis le temps, t'imagines.

Je suis fatiguée et je n'ai pas envie de faire l'amour. Je le dis à Lionel qui me répond avec des yeux exorbités :

— Ah ! Tu veux jouer au con ? On va jouer, alors ! Soit on baise, là, tout de suite, maintenant, soit je te ramène chez les dingues illico presto !

S'il m'avait prise dans ses bras, s'il s'était montré tendre, câlin, j'aurais peut-être pu faire l'amour… Mais là, je ne peux pas. Je suis trop malade. Il attend de moi du sexe brut, alors que j'ai tant besoin de réconfort. Je ne pense pas qu'il mettra sa menace à exécution, il n'aura pas le cœur de priver notre fils d'un beau matin de Noël. Je me trompe, cependant. Lionel demande à la voisine de veiller sur Lucas, m'oblige à monter en voiture malgré mes protestations et me dépose à la clinique. Il y prétend que je me suis montrée impossible. Je suis en pleurs d'imaginer Lucas le lendemain matin. Je lui avais promis d'être là pour ouvrir les cadeaux… Quel horrible Noël ! Peu de temps après, mon petit recommença à faire pipi au lit.

Je suis finalement sortie de cette clinique, mais pas dans de bonnes conditions. Mon état ne s'améliorait pas assez rapidement pour Lionel. Il est donc venu faire un scandale à ma psychiatre. Il voulait que je sorte, elle n'était pas d'accord. Finalement, il a signé une décharge selon laquelle il dégageait la clinique et le médecin de toute responsabilité à mon sujet en cas de sortie anticipée. J'ai un traitement lourd à poursuivre et un suivi psychologique doit être mis en place.

Lionel ne m'a jamais conduite aux entretiens thérapeutiques et il m'a sevrée brutalement de mes médicaments en disant que j'étais complètement droguée, que ces cachets et leurs effets secondaires étaient dangereux, que cela me faisait grossir… Il a dit qu'il allait bien s'occuper de moi et que je serais bientôt sur pied. Il me donne du cannabis. Comme je ne sais pas rouler les joints, il m'en prépare chaque fois que j'en ai besoin, souvent, donc… Il répète que le cannabis est une médecine naturelle. Tous les matins, Lionel m'impose une heure de gymnastique pour perdre du poids. Toujours pour la même raison, il me soumet à un régime strict. Il ne supporte pas de me voir avec quelques kilos en trop. Il m'humilie souvent à cause de mon poids, me traitant de thon, de grosse vache… Son super programme de remise en forme intègre aussi la pratique intensive du Kamasutra. Lionel a toujours eu un problème. À notre époque, on dirait qu'il est *sex-addict* (dépendant sexuel).

Et puis, Lionel estime que je suis prête.

5

La descente aux enfers

« Lilith,
Tu sais comment ça jouit
Les mecs finis,
Les dingues de la déglingue
Qui s'flinguent derrière ton zinc ?
Lilith ! Lillith !
Tu sais comment, comment ça jouit
Les mecs complètement stress
Qui t'réclament aux toilettes
Une p'tite canette, une p'tite fumette,
Une reniflette, une seringuette,
Une bonne branlette ?
Et pis ça jouit, ça jouit. »

HUBERT-FELIX THIEFAINE, *Cabaret Sainte-Lilith*
1981, Masq.

L'HOMME VIENT DE SORTIR, JE RESTE ÉTENDUE, LES YEUX DANS LE VAGUE. J'ai le temps. Le prochain n'arrivera pas avant une demi-heure. Je fouille dans mon sac à la recherche de mon paquet de cigarettes. J'allume une blonde. J'aspire une longue bouffée tout en me perdant dans la contemplation du papier peint défraîchi. Cette chambre est atrocement vilaine, tout comme le type qui vient de partir. Je déteste les hôtels du quartier de la gare. Ça sent le rance, le vieux… Mais, plus que tout, plus que cet endroit, plus que les clients, c'est moi que je hais. Pitoyable ; je suis pitoyable, faible et influençable. Lionel me manipule et je le laisse faire. Depuis ma sortie de clinique, je n'ai pas la force. J'obéis. Tout ce qui m'importe, c'est d'avoir suffisamment de cigarettes et ma dose quotidienne de cannabis, mon calmant. Lionel m'a dit que si je le voulais, je devais venir ici.

Il a tout planifié, tout de A à Z : la petite annonce dans le journal – « Belle jeune femme libérée recherche hommes généreux pour moments agréables. Discrétion assurée. Téléphoner au… » – les tenues provocantes et les chaussures aux talons aiguilles vertigineux, la prise des rendez-vous. Comme je ne conduis pas, c'est lui qui me dépose en ville et qui vient me récupérer en fin de journée.

Il y a un terme pour ce que fait Lionel, un mot que je n'ose prononcer… Inutile de se voiler la face : mon prince charmant est un maquereau. Je soupire tout en me dirigeant vers le cabinet de toilette. J'hésite à me laver dans un bidet à la propreté douteuse. Je pense à ce qu'il m'a dit, que ce n'était qu'une situation provisoire, en attendant que les choses s'arrangent. Il m'a fait très peur en me disant que si l'on continuait ainsi, on ne pourrait plus payer notre loyer ni nos factures ni faire de courses. Alors, des assistantes sociales se mêleraient de notre vie et voudraient nous enlever Lucas. Lionel dit qu'il est fier de moi, car tout ce que je fais, c'est pour notre fils, pour qu'il ne manque de rien. Il dit que je n'ai pas à en rougir, que ce n'est pas honteux, que je suis une bonne mère. Pourquoi ai-je des difficultés à prendre Lucas dans mes bras, désormais ? Pourquoi dois-je systématiquement me laver jusqu'à m'user la peau avant de l'embrasser ?

Parfois, je voudrais mourir. Cela revient par cycles. J'y pense de plus en plus souvent et l'idée de la mort ne m'effraie pas plus que ça. Ce qui est difficile, c'est de penser à Lucas. Si je tiens le coup, c'est avant tout pour lui. Je me rhabille en ruminant mes idées noires. Je sors de l'hôtel. J'ai rendez-vous un peu plus loin dans un autre établissement tout aussi miteux.

Aujourd'hui, c'est mercredi et je ne travaille pas, c'est la journée des enfants ! Lucas a invité des petits camarades, alors Lionel m'a autorisée à porter une robe un peu moins courte et des talons un peu moins hauts. Mon compagnon veut que je reste féminine en toutes circonstances, le port du pantalon et des chaussures plates m'est formellement interdit. J'ai préparé des churros, Lucas et ses amis les adorent. Je m'efforce de ne pas penser aux autres jours, tout en essayant de me comporter comme une maman classique. Mais justement, je ne suis pas une mère de famille ordinaire. Les femmes respectables n'ont pas rendez-vous avec des hommes dans des hôtels malfamés. Elles ne fument pas des joints pour oublier leur déchéance. Elles sont secrétaires, caissières, élèvent leurs enfants… Je voudrais leur ressembler. J'aimerais tant pouvoir me rendre aux réunions de parents d'élèves. Je vis dans un monde en marge, où c'est la loi du plus fort qui l'emporte. Le plus fort, en l'occurrence, c'est Lionel. J'éprouve des sentiments mitigés pour cet homme, tiraillée entre l'amour, la crainte et la soumission. Je sais qu'il ne faut pas le pousser à bout, qu'il est prompt à rentrer dans des colères destructrices. Je me sens si petite, dérisoire par rapport à lui. Au début de notre relation, je pensais qu'à force de lui prodiguer de l'amour, il changerait. Je connaissais ses blessures secrètes, terribles. J'excusais beaucoup de ses comportements. Je lui trouvais, sans arrêt, des circonstances atténuantes. Lionel avait poussé, mal aimé, dans une famille recomposée. À la naissance de Lucas, j'avais cru que nous pourrions former une gentille petite famille comme tant d'autres. J'étais jeune et naïve, je croyais encore aux contes de fées. Tous mes rêves se sont écroulés. J'ai vingt-cinq ans, je suis prostituée et dépressive. Quel constat ! Quel gâchis ! Quelle jeunesse !

J'ai rendez-vous dans la zone industrielle, au Formule 1. Je n'ai pas l'habitude de m'aventurer en dehors du périmètre de la gare. Ce n'est pas pour un habitué, je n'ai rencontré ce client qu'une seule fois. Il préfère venir ici, car, pour lui, c'est plus discret. C'est un type bizarre, difficile à cerner. Il prétend être mage, lire l'avenir dans les lignes de la main ou les cartes. Le bus me dépose et je me hâte en direction de l'hôtel. Je l'aperçois en même temps qu'une voiture avec deux hommes à l'intérieur, un peu en retrait. De là où il se trouve, il ne peut pas voir ce véhicule. Moi-même, j'y prête à peine attention.

Tout va très vite. Les hommes sortent de la voiture, armes aux poings, ils menottent mon client.

— C'est qui, cette nana ?

— C'est personne, juste une pute, répond le client.

— Allez, on l'embarque elle aussi, on réglera tout ça au poste !

Dans la voiture banalisée, je suis morte de peur…

Au commissariat :

— Allez : nom, prénom, âge ? Pour la profession, on a deviné.

— Bianca Cendrine Bastiani, on m'appelle Cendrine, vingt-cinq ans. Vous savez, je ne fais pas ça souvent, mais les temps sont durs… dis-je d'une voix mal assurée.

— Oui, enfin ici, Cendrine, on appelle un chat un chat et donc, profession : prostituée.

Je me décompose.

— C'est pas la peine de faire cette tête-là, tu sais, on va pas te manger. On va faire quelques photos, prendre tes empreintes et te rentrer dans le fichier. La prostitution, c'est pas illégal. Tu ne racoles pas sur la voie publique ?

— Non, je prends mes rendez-vous par téléphone.

— Ton client ? Tu sais qui c'est ?

— Non, je vous le jure, je le connais à peine. C'est un nouveau.

— Eh bien, tu l'as échappé belle… Heureusement qu'on le surveillait.

— Pourquoi ? Il est dangereux ?

— Disons que c'est loin d'être un enfant de chœur ! Toi, par contre, t'as l'air un peu naïve… Eh oui ! La môme, faut descendre de ton nuage, tu fais un métier à risques. Enfin, celui-là, à mon avis, il est au trou pour un bon moment. Tu prends tous tes rendez-vous ici, au Formule 1 ?

— Non, ici, c'est exceptionnel. Je vais plutôt dans les petits hôtels autour de la gare.

— Mais d'où tu sors, toi ? Tu connais pas Le Christina ? La gare, c'est un quartier à éviter, trop de junkies, de dealers, de SDF. Tu vas te faire bouffer toute crue ici, ma belle !

— Non, je ne connais pas cet endroit.

— C'est un hôtel tranquille, très propre et très bien tenu, dans les beaux quartiers, derrière le Palais des Congrès. C'est parfait pour une belle môme comme toi. Le patron est compréhensif. Tu ferais mieux de prendre tes rendez-vous là-bas, question de sécurité.

— D'accord, Le Christina, vous dites ? Merci pour le renseignement.

— Maintenant Cendrine, dis-nous s'il y a quelqu'un qui t'oblige à te prostituer.

— Non, je fais ça librement.

— Tu vis seule ?

— Avec mon fils et son père.

— T'as pas ton permis ? On l'a pas trouvé en fouillant ton sac. C'est ton mec qui t'amène en ville quand tu te prostitues ?

— Oui, mais il n'est pas au courant, il croit que…

— Arrête, tu mens très mal. Immatriculation de sa voiture ?

— Je ne la connais pas, c'est vrai.

— D'accord, je te crois. Écoute, beauté : une fois qu'on en aura terminé avec toutes les formalités, tu pourras repartir et on fermera les yeux pour ton mec, mais c'est donnant-donnant.

— C'est-à-dire ?

— Prends ma carte. Garde-la précieusement et je compte sur toi pour me fournir des renseignements de temps en temps.

— Quels genres de renseignements ?

— Tout ce qui peut intéresser un flic et qu'une fille comme toi est susceptible d'apprendre. Je passerai te voir au Christina à l'occasion.

Me voilà fichée pour prostitution à présent et considérée comme une indic par la Police !

Depuis que j'officie au Christina, ma clientèle s'est embourgeoisée. Je rencontre beaucoup d'hommes mariés bon chic bon genre, des cadres dynamiques et autres chefs d'entreprises. J'ai quelque peu augmenté mes tarifs. Je continue de donner tout ce que gagne à Lionel, de l'argent liquide vite empoché et tout aussi vite dépensé ! Mon proxénète n'est pas du genre économe, tant s'en faut… Pour ma part, contrairement à lui, je ne considère pas que ce soit de l'argent facile. Je crois que je suis en train d'y laisser ma santé, surtout mentale… Je suis victime de crises d'angoisse de plus en plus fréquentes. Même les joints ne me calment plus. Je suis en permanence stressée, mal dans ma peau. J'ai des douleurs nerveuses au niveau des épaules, dans le ventre… Notre médecin de famille m'a prescrit des pilules homéopathiques totalement inefficaces.

Mon client vient de quitter la chambre. Ce fut rapide. Mon tout premier réflexe consiste à m'allumer une cigarette. Tout en aspirant de longues bouffées, je regarde la pièce, spacieuse, propre, moquettée. Sur la table de nuit trône une Bible, détail pour le moins incongru. Je me dirige vers la salle de bains, fais couler l'eau chaude dans la baignoire tout en ouvrant le sachet de bains moussants. Même si ça ne dure que cinq minutes, je me sens toujours sale après. Je me plonge dans le bain brûlant et j'essaie de me détendre. Je ferme les yeux. Ce client n'était pas bavard. Tant mieux, j'en ai été plus vite débarrassée. Parfois, après, ils veulent se confier. Alors je les écoute, je leur donne mon avis, des conseils, aussi. Le plus souvent, ils me parlent de leur femme, de leurs problèmes de couple. Ils disent que je suis bonne conseillère. Peut-être pourrais-je me reconvertir en tant que thérapeute conjugale ? On peut toujours rêver…

Le temps passe, je continue. Les rendez-vous s'enchaînent et j'en vois de toutes les couleurs. Je deviens blasée. Je me forge une carapace, une armure, une projection. Je me compose un personnage aux antipodes de mon moi profond, sorte de poupée Barbie, hyper sexy et superficielle, juchée sur des aiguilles de dix centimètres. Mon agenda se remplit très rapidement, je passe de longues journées en ville, au Christina. Le bouche-à-oreille fonctionne, les clients se transmettent mes coordonnées. J'acquiers une réputation sulfureuse et je suis de plus en plus sollicitée. Psychologiquement, je souffre secrètement et je m'efforce de ne rien laisser paraître. Parfois, aussi, je souffre physiquement : certains clients n'étant pas délicats… Il m'arrive aussi, beaucoup plus rarement, d'éprouver du plaisir. Ce genre de choses, ça ne se commande pas… Quand cela se produit, je culpabilise. Je suis très perturbée dans l'ensemble et à bien des niveaux.

6

En formation

« Je me lève et je prends des pilules pour dormir.
Je prends le métro dans la meute ; je rêve de partir
Dans des pays où il fait chaud à l'autre bout du monde,
Loin de ce boulot qui me tue et qui creuse ma tombe.
Je me lève et je prends des pilules pour dormir.
Les jours se ressemblent et putain que c'est triste à mourir,
Quand on a rien pour soi que le chèque de fin d'mois,
La télé, le canapé et le crédit à payer.
Je vais les rues, je vais les lieux où on ne m'attend pas.
Ceux que je croise au fond des yeux non ne me voient pas. »

DAMIEN SAEZ, *Pilule*
2010, Wagram Music.

UN ESPOIR SE PROFILE À L'HORIZON. Je suis convoquée par l'ANPE (le Pôle emploi de l'époque). Le conseiller me propose de participer à une session de remise à niveau en secrétariat. J'accepte. De toute manière, je n'ai pas le choix. Lionel ne se montre pas très enthousiaste, mais lui non plus n'a pas le choix. Je vais en profiter pour mettre entre parenthèses mes activités et pourquoi pas changer de vie ?

À présent, quand Lionel me dépose en ville, ce n'est plus devant Le Christina, mais au centre de formation.

Avec mes jupes droites au genou, je ressemble désormais plus à une secrétaire qu'à une prostituée. Par contre, j'ai beaucoup de mal à me concentrer et mes notes ne sont pas extraordinaires, tant s'en faut.

J'en profite pour téléphoner à mes parents. Ils sont heureux d'apprendre que je suis en stage, mais s'étonnent que Lionel soit toujours au chômage. Ils me demandent des nouvelles de leur petit-fils. Ils veulent savoir si nous viendrons bientôt leur rendre visite. Je reste évasive. Le peu que nous nous sommes rendus là-bas, Lionel a toujours fini par se disputer avec ma mère. Cette dernière ne supporte pas la manière dont il me traite. Elle pose beaucoup de questions, c'est délicat. En ce moment, Lionel se montre compréhensif, il est presque gentil. C'est étonnant, mais je ne vais pas m'en plaindre.

Aujourd'hui, c'est samedi. C'est aussi mon anniversaire, mais je n'ai rien prévu de spécial. Je n'ai pas d'amis.

Lionel fait irruption dans la cuisine :

— Tu ne fais pas de machine à laver ?

— Non, j'attends demain pour bien la remplir.

— Mais, tu as suffisamment de linge. À ta place, je la ferais tout de suite.

— Ah ? Tu crois ? D'accord.

— Il y a quelque chose dans la machine, dis-je intriguée.

— Ah bon ? répond Lionel, faussement surpris.

— C'est un tout petit paquet cadeau !

— Eh bien ? Qu'est-ce que tu attends pour l'ouvrir ? Bon anniversaire ma belle !

— Tu t'en es rappelé ? Je croyais que tu avais oublié, dis-je en découvrant, émue, une magnifique paire de boucles d'oreilles en or.

— Elles te plaisent ?

— Oh oui ! Merci, Lionel, elles sont très belles. C'est de l'or ?

— Un peu mon n'veu que c'est de l'or !

— Mais tu es fou ! Elles ont dû te coûter très cher ! Il faut faire des économies…

— Justement, j'ai économisé pour te les offrir. Tu les mérites bien. Je ne te fais pas souvent de cadeaux et toi, tu fais tellement pour nous, pour Lucas et moi. Je vois comment tu t'accroches. Je suis souvent maladroit et injuste avec toi. Relève tes cheveux que je te les mette, ces boucles.

Je m'admire dans le miroir avec ces pendants d'oreilles en forme de gouttes d'eau ouvragées. Lionel a bien choisi. Avec mes longs cheveux, elles sont parfaites. C'est un être insaisissable et complexe, capable du pire comme du meilleur. Ce jour-là, je me sens amoureuse de lui, tout comme aux premiers jours.

Je dois effectuer une mission en entreprise. Me voici donc stagiaire dans les bureaux d'un supermarché. Mon chef de service est un petit homme pressé peu patient. Il me fait souvent des remarques, car, malgré toute ma bonne volonté, mon travail n'est pas satisfaisant. Il n'a pas l'air de comprendre que je suis ici pour apprendre.

Nous sommes en juin et il fait très chaud. Dans les bureaux, voilà deux jours que la climatisation est en panne. Je porte un ensemble en coton noir et blanc, une jupe à basque qui m'arrive aux genoux et un haut coordonné légèrement échancré sous une veste de cotonnade noire. Il fait si chaud que j'ôte ma veste. Je ne porte jamais de soutien-gorge. Mes petits seins tiennent tout seuls et Lionel n'est pas partisan de cette pièce de lingerie qu'il estime superflue. Je suis plongée dans ma comptabilité quand, soudain, le chef surgit dans mon dos. Il se penche pour vérifier mon travail. Je l'interroge sur un point. Il me fournit un début d'explication et s'interrompt, embarrassé :

— Euh… Écoutez Cendrine… Vous avez un décolleté très troublant… Je vais vous laisser vous débrouiller… sinon… euh…

C'est bien la dernière chose à laquelle je m'attendais ! Moi qui essaie de me racheter une conduite avec cette formation…

Plus tard, à la maison, Lionel m'interroge :

— Tu n'as pas l'air dans ton assiette, toi. T'as ta tête des mauvais jours.

— Non, ça va.

— Pas à moi. Allez, c'est ton chef ? Il t'a encore saquée ?

— C'est pire que ça. Il m'a dit que j'avais un décolleté troublant !

Lionel est hilare. Il manque s'étrangler de rire.

— Arrête ! Ce n'est pas drôle. Je trouve ça très gênant, tu sais ?

— Remarque, je te comprends. Toi, tu fais tout ton possible pour réussir ce stage de merde. Tu t'habilles comme une bonne sœur avec cet ensemble noir et blanc que je déteste et l'autre bouffon, la seule chose qu'il remarque, c'est ta paire de nibards ! C'est trop drôle ! dit-il sans se contenir.

— Ça ne me fait pas rire du tout, tu sais ?

— Tu vois Cendrine, c'est ça ton problème. Tu voudrais devenir une fille bien comme il faut, une madame Tout-le-Monde. Mais voilà, c'est pas possible. T'es pas faite pour ça ! Toi, t'es faite pour le sexe ! Tu respires le cul ! T'es bandante, que tu le veuilles ou non !

— Je n'aime pas quand tu parles comme ça, Lionel.

— Pourtant, j'ai raison. Tu veux bosser dans les bureaux, tu veux arrêter la prostitution. OK, mais tu n'empêcheras pas les mecs de bander. T'en déduis quoi ?

— Je n'en déduis rien du tout !

— Eh bien, tu as tort et tant pis pour toi !

Mon stage s'achève et mon chef de service me remet trois bons d'achat de trois cents francs chacun. Je suis agréablement surprise. Je pense que mes efforts sont ainsi récompensés, mais Lionel estime que « c'est le salaire pour s'être rincé l'œil ! ». D'après lui, l'honnêteté ne paie pas.

À l'issue de cette formation, je postule pour des emplois de secrétaire et ne reçois que des réponses négatives, quand on veut bien me répondre. Désabusée, je vais retourner sur le trottoir.

7

Vincent

« *J'ai beau me dire qu'il faut du temps.*
J'ai beau l'écrire si noir sur blanc.
Quoi que je fasse,
Où que je sois,
Rien ne t'efface,
Je pense à toi. »

JEAN-JACQUES GOLDMAN, *Pas toi*
1985, Epic Records.

QUI AURAIT PU IMAGINER QUE JE RENCONTRERAIS L'AMOUR SUR LE TROTTOIR ? Certainement pas moi, lorsque je reprends mes activités au Christina et retrouve mes habitués et aussi quelques nouveaux. La routine revient et je finis par ne plus me poser de questions. Je travaille sans états d'âme, évitant de trop réfléchir.

Un nouveau client voudrait me rencontrer avant de se décider. Je lui donne rendez-vous en ville, dans un bar proche du Palais des Congrès. Presque nue sous mon grand manteau, moulée dans un mini fourreau rouge, chaussée de cuissardes, je fais une entrée remarquée dans le café. J'avise un type tout seul à une table, aux aguets.

— Nous avons rendez-vous, il me semble ?

— Vous êtes Cendrine ?

— En personne !

— Je ne vous imaginais pas ainsi.

— Pourquoi ? Je ne vous plais pas ?

— Si, bien sûr que si. Vous êtes très belle !

— Et vous, votre prénom ?

— Vincent, je m'appelle Vincent.

— Maintenant que les présentations sont faites, on pourrait peut-être parler affaires, non ?

— Vous appelez cela des affaires ?

— On va faire simple. Je demande cinq cents francs pour passer une heure avec vous. C'est moi qui choisis l'hôtel et la chambre est à votre charge. Maintenant, si vous avez des fantasmes tordus, c'est possible, mais c'est plus cher.

— Pourquoi vous faites ça ? me demande-t-il choqué.

— Et vous, pourquoi vous répondez à mon annonce si c'est pour prendre cet air outragé ?

— Je pensais que c'était une annonce correcte, je n'ai pas l'habitude de ce genre de choses, je suis célibataire, je cherche à me caser, sérieusement, dit-il gêné.

— Il vaut mieux que je parte.

— Cendrine, attendez ! Vous n'avez pas touché à votre café. On peut discuter, non ?

— Je bois mon café et je m'en vais.

— Je gagne très bien ma vie, vous savez ? Je suis scientifique pour le CNRS, j'ai un bel appartement ici et un autre à Paris.

— Et alors, qu'est-ce que voulez que ça me fasse ? Si vous pensez m'impressionner…

— Mais non, absolument pas. J'aimerais vous inviter à dîner dans un bon restaurant, pour faire plus ample connaissance.

— Mais enfin, vous ne comprenez pas, je suis une prostituée. Nous perdons notre temps tous les deux. Je préfère partir, dis-je en filant.

Non mais d'où sort-il, ce type ? De quelle planète ? C'est un grand naïf ! M'inviter au restaurant, moi, Cendrine ? C'est dommage, il était plutôt mignon. Bon, ce n'est pas tout, il est temps d'aller bosser… Je file en direction du Christina.

Quelques jours plus tard. Le téléphone sonne :

— Allô. Bonjour, Cendrine, c'est Vincent ! Vous vous souvenez de moi ?

— Bien entendu ! Comment vous oublier ? dis-je ironique. Vous avez changé d'avis ?

— En quelque sorte. Peut-on se voir chez moi ? Je vous paierai. Je viendrai vous chercher en ville.

— D'accord, vous êtes libre quand et à quelle heure ? Je consulte mon agenda.

— Demain à dix-sept heures ? me propose-t-il.

— Après-demain… je préfère. Rendez-vous à dix-sept heures devant le Palais des Congrès.

— À bientôt, Cendrine.

— À bientôt, Vincent, et bonne journée.

Drôle de type, tout de même. On verra bien… J'en parle à Lionel, puisque je ne vais pas au Christina, mais chez le client, question de sécurité.

— Fais gaffe quand même, ma belle ! Tu dis qu'il s'est vanté d'être plein aux as ? T'as intérêt à me le plumer, celui-là ! Je flaire le bon pigeon ! Joue sur la corde sensible : la pauvre mère célibataire obligée de se livrer à la prostitution pour nourrir son fils, le genre d'histoires à faire pleurer dans les chaumières. Je te fais confiance, sors-lui le grand jeu !

— OK, Lionel. Pas de souci !

Je suis assise à côté de Vincent dans sa jolie berline. Il semble gêné. Moi, ça m'amuse beaucoup et j'en fais des tonnes. Les jambes gainées de bas résille, je pose négligemment mes pieds chaussés d'escarpins sur le tableau de bord. Il me jette un regard réprobateur, mais n'ose rien dire. Il gare sa voiture dans le parking souterrain de sa résidence huppée.

Tout en descendant de voiture, je lui lance à brûle-pourpoint :

— Je parie que tu n'as jamais fait l'amour dans un parking !

— Non, bien sûr que non ! me dit-il en rougissant. Et je n'en ai pas l'intention ! De grâce, boutonnez votre manteau ! J'ai des voisins, une réputation…

— Oh ! Là ! Là ! Faut te décoincer, mon chou !

Dans son appartement, tout est nickel, ordonné. Vincent semble encore tendu. Ça ne va pas être facile de briser la glace, d'autant plus qu'il me lance :

— Je voulais vous voir pour parler, faire connaissance… Je ne peux pas faire l'amour d'emblée, vous comprenez ? Tenez, l'argent est sur la table.

— Déjà, tu vas me tutoyer, mon chou ! Et puis, qui te parle de faire l'amour ? On va baiser et je te promets que tu vas t'éclater comme jamais. Pas besoin de se connaître pour s'amuser !

— Pourquoi faites-vous ça ? Vous êtes une belle personne, mais vous l'ignorez.

— On se tutoie, beau gosse !

— Je suis sûr que dans le fond, vous, enfin tu, es une fille bien. J'aimerais comprendre comment tu en es arrivée là.

Il commence à me prendre la tête à vouloir me psychanalyser, celui-là. Je fais mine de visiter son bel appartement. Dans la salle de bains, j'avise une grande baignoire immaculée :

— Waouh ! Le pied, la baignoire ! Chouette ! On va prendre un bain pour commencer ! On fera connaissance dans l'eau !

Joignant le geste à la parole, j'ouvre les robinets et je commence à me déshabiller sensuellement.

— Tu es réellement très belle ! Ton corps est parfait ! me dit-il avec une pointe de désir.

— Allez, c'est ton tour de te déshabiller, Vincent ! Tu as du bain moussant, quelque part ?

Le voici dans la baignoire avec moi. J'ai finalement réussi à rompre la glace. D'ici à sa chambre à coucher, il n'y a qu'un pas. Je note, au passage, que la parure de draps fleuris est toute propre. J'ai envie de lâcher prise, de me laisser aller. Ce type est plutôt mignon, la trentaine élégante. Il est aussi délicat, doux et tendre.

Pourquoi garder le contrôle ? Personne n'en saura rien. Pas même Lionel.

— Cendrine, tu faisais semblant, tout à l'heure ?

— Ah ! non, je t'assure que non ! J'ai pris mon pied, Vincent !

— Et tu jouis avec tous tes clients ?

— Non, c'est même assez rare. Ça doit venir de toi, dis-je négligemment.

— En tout cas, c'était agréable ! Je voudrais te poser une question. As-tu déjà essayé de gagner ta vie honnêtement, en travaillant, par exemple ?

— Mais bien sûr, j'ai le bac G1 et je viens de faire une formation en secrétariat avec un stage. Des demandes d'emploi, j'en ai envoyé des tas et on ne me répond même pas. Je suis mère célibataire et je dois gagner de l'argent pour élever correctement mon petit garçon.

— Ah ! Tu as un enfant ? Je ne savais pas. Tu parais si jeune.

— Je l'ai eu très jeune et son père nous a abandonnés. Alors, j'ai dû me débrouiller toute seule. Mais dépêchons-nous ! L'heure tourne. Tu me raccompagnes ?

— Je vais essayer de t'aider. C'est inadmissible que tu sois obligée de faire cela pour nourrir ton fils !

— Mais t'inquiète ! Ça va, je ne suis pas malheureuse, je gère. Par contre, si tu n'accélères pas, je vais être en retard chez la nounou.

— Voilà, je mets mes chaussures et nous y allons. Je te rappelle bientôt.

Dans la voiture, il se montre assez lourd. Il me propose d'aller dîner au restaurant avec lui. Je pourrais amener mon fils. Il trouve dommage de nous voir uniquement dans un contexte sexuel. Il veut m'aider à trouver du travail en tant que secrétaire. Pourtant, je ne peux m'empêcher de penser que son insistance a quelque chose d'attendrissant. Finalement, je l'aime bien, ce type !

Vincent m'a fixé un second rendez-vous et, chose étrange, cela me fait plaisir de le revoir. Je suis dans son lit. Je dois me rendre à l'évidence, il ne me laisse pas insensible, il me plaît même beaucoup. Je suis heureuse de discuter avec lui après l'amour. Je pourrais m'attarder ici un long moment, ça ne me dérangerait pas.

— À mon tour de poser les questions, Vincent ? Comment se fait-il qu'un type comme toi, avec un physique agréable et une bonne situation, soit encore célibataire à presque trente-cinq ans ?

— Eh bien, déjà, il y a la timidité ! Et puis, j'ai fait de très longues études. Je ne sortais pas draguer. Je passais mon temps à réviser. Maintenant, mon travail est très prenant.

— Si j'avais pu, j'aurais aimé poursuivre mes études, aller en fac de lettres. Ça m'aurait plu…

— Tu sais, il n'est jamais trop tard pour bien faire, tu es jeune encore.

— Tu plaisantes ? Moi, en fac ? J'ai laissé passer ma chance. Je suis foutue, maintenant.

— Mais non, voyons ! Tu peux changer de vie. Il suffit de le vouloir.

— Tu ne vas pas recommencer avec ça. Ma vie, c'est la prostitution, point barre ! Je ne sais rien faire d'autre. Et ça, au moins, je le fais bien !

— Moi, je suis persuadé que tu es capable de faire beaucoup mieux dans la vie. Tu n'as jamais pensé à te caser avec un gentil garçon dans mon genre ? Je pourrais prendre soin de toi et de ton fils, tu sais ?

— Je ne crois plus aux contes de fées ! En général, ça finit mal !

— C'est malheureux ! Être si jeune et déjà complètement blasée, désabusée !

Quand il me raccompagne, je me surprends à penser à la prochaine fois. J'espère qu'il me recontactera rapidement.

Dans la voiture de Lionel :

— Eh ! Cendrine ! Tu m'écoutes ? T'étais où, là ? Ça fait deux fois que je te pose la même question.

— Excuse-moi Lionel, j'étais ailleurs…

— Je vois ça ! Un problème ?

— Non, tout va bien !

— Tu es sûre ? Tu as l'air bizarre, ce soir. Ton client, le nouveau, ce scientifique, il ne te crée pas de problèmes, j'espère ?

— Non, t'inquiète. Je suis juste un peu fatiguée. Ce n'est rien. Je vais me reprendre.

— T'as intérêt. Tu sais que Lucas et moi, on compte sur toi !

Le temps passe. Je continue mes activités, mais surtout, je revois Vincent de plus en plus souvent… Un après-midi, nous sommes dans son lit aux draps fleuris et avant que je comprenne ce qui se passe, je l'embrasse à pleine bouche. Nos souffles s'emmêlent à l'unisson dans une étreinte passionnée et irréfléchie.

Un peu plus tard :

— Cendrine, je croyais que tu n'embrassais jamais tes clients.

— Je ne te considère plus comme un client, Vincent. J'ai des sentiments pour toi.

Il m'embrasse tendrement et me murmure :

— Je t'aime, je t'aime comme un fou, Cendrine. Je ne supporte plus que tu te prostitues. Tu vas tout arrêter et on va se marier. Je vais élever Lucas comme mon propre fils. J'ai hâte de faire sa connaissance.

— Vincent, ce n'est pas si simple. Je dois t'avouer quelque chose que je t'ai caché. Je ne vis pas seule. Il y a un homme dans ma vie, le père de Lucas.

— Quoi ? souffle-t-il, incrédule.

— Je comprendrais que tu m'en veuilles, tu sais.

— Ton homme, il est au courant... que tu te prostitues ?

— Oui, il le sait et ça l'arrange bien, vu qu'il est au chômage depuis un bout de temps déjà.

— Mais c'est horrible ! J'ai compris, c'est lui qui t'oblige à faire ça ! C'est un proxénète ? dit-il indigné.

— Tu m'en veux, Vincent, de t'avoir caché la vérité ?

— Mais non ! Comment t'en vouloir ? Tu es adorable ! Cet homme qui t'a fait un enfant... mais, c'est abominable... Comment peut-il te prostituer, la mère de son propre enfant ? Il ne peut pas t'aimer pour te faire ça ! dit-il abasourdi.

— Je suis soulagée que tu saches enfin la vérité. Il s'appelle Lionel.

— Quitte-le ! Cet homme ne te mérite pas ! Quitte-le et épouse-moi !

— Ça se voit que tu ne le connais pas ! Il ne me laissera pas partir facilement. Et puis, il a reconnu Lucas qui porte son nom… Il faut que je réfléchisse. Je ne sais plus où j'en suis.

— Tu l'aimes, c'est ça ? Ce type, tu l'aimes ?

— Mais toi aussi je t'aime… C'est compliqué pour moi. J'ai besoin de temps. Tu es sincère ? Tu veux épouser une fille comme moi ? C'est vrai ?

— Je t'aime Cendrine ! Je veux te rendre heureuse, tout simplement.

— J'aimerais tellement pouvoir changer de vie…

De retour à la maison, j'ai beaucoup de mal à cacher mon trouble. Je me sens coupable. J'ai trahi notre secret. Je ne dois pas parler de mon souteneur à mes clients, mais Vincent n'est plus un simple client. Je suis amoureuse de lui. J'ai l'impression de tromper l'un dans les bras de l'autre. Lorsque je couche avec Lionel, c'est Vincent que je trompe. Et tous les autres… Je vais finir par devenir folle. Je pense à Lucas qui aime son père. Je n'aurai jamais le cœur de les séparer. Nous formons une famille tous les trois, même si notre équilibre est précaire. D'un autre côté, je ne pourrais pas vivre loin de mon fils. Quel dilemme ! Vincent me propose le mariage et une vie heureuse. Comment être certaine de sa sincérité ?

Le temps passe et je continue de me rapprocher de Vincent. Nous devenons très complices. C'est un énorme soutien de pouvoir me confier à un homme qui écoute mes confidences d'une oreille bienveillante. Je commence à le rencontrer en cachette de Lionel, gratuitement. Je ne supporte plus de le traiter comme un client. Avec lui, il n'est plus question de me vendre. Je me donne totalement. En effet, dans l'intimité, notre entente est parfaite. Je n'ai jamais éprouvé autant de plaisir à faire l'amour, pas même avec mon conjoint. La relation avec Vincent est réellement une relation forte. C'est assez déstabilisant et nouveau pour moi. Toutefois, je m'astreins à une grande prudence et discrétion. Je crains que Lionel n'apprenne la nature des relations qui m'unissent désormais à Vincent. S'il savait que je m'offre à un homme sans aucune contrepartie, il me punirait, c'est certain. En fait, je considère Lionel comme mon compagnon et Vincent comme mon amant. Le fait que Lionel soit mon proxénète et que j'aie à subir des relations avec des clients complique encore la situation. En outre, Vincent supporte de plus en plus difficilement le fait que je me prostitue.

— Mon amour, on ne peut plus continuer comme cela. Nous sommes malheureux tous les deux. C'est une situation invivable.

— J'ai beau tout retourner dans ma tête, je ne trouve pas de solution.

— Écoute ! Je vais aller parler à ton type. Je vais lui dire que l'on s'aime et que tu vas le quitter.

— Tu ne peux pas faire ça ! Il va te démolir, te casser en deux ! Tu ne connais pas Lionel ! Lui, il parle avec ses poings ! Vous n'appartenez pas au même monde, tous les deux !

— Ton type, il ne t'aime pas, ma chérie ! Tout ce qui l'intéresse, c'est ce que tu lui rapportes ! J'ai des placements, ça représente beaucoup d'argent. Je vais lui proposer en échange de ta liberté. Nous pourrons enfin vivre notre amour au grand jour et être heureux, tu en auras terminé avec la prostitution.

— Ça ne marchera pas, car Lionel m'aime, j'en suis sûre ! D'une drôle de façon, mais il m'aime ! Il n'acceptera jamais ton marché. Et même s'il était d'accord, c'est moi qui ne le serais pas ! J'en ai un peu ras le bol que tout le monde me considère comme une marchandise ! Et puis, je ne veux pas que tu te dépouilles de toutes tes économies ! C'est glauque comme situation !

— Mais enfin, mon amour, je ne te considère pas du tout comme une marchandise ! Par contre, face à ton type, c'est le seul argument qui tienne. Et toi, tu l'aimes encore, ce con ? Malgré tout ce qu'il te fait subir ? Je vois bien que tu n'es pas prête à le quitter !

— Non, ce n'est pas ça ! Tu sais bien que c'est toi que j'aime ! Mais il y a Lucas ! Si je le quitte, il ne me le laissera jamais ! Et même si je l'avais, serais-tu un gentil beau-père pour lui ?

— Mais enfin, c'est ton fils ! Je ne pourrais que l'aimer !

— Bien sûr, c'est facile à dire ! Lionel a bien des défauts, mais c'est un bon père !

— N'importe quoi… Il te prostitue, toi, la mère de son enfant et c'est un père exemplaire ?

— Vincent arrête, s'il te plaît, je n'ai pas envie de me disputer avec toi.

— Tu sais que tu me fais du mal avec ton manque de confiance et à continuer d'aimer ton salaud de proxénète ! En tout cas, je t'aime, Cendrine, malgré la souffrance !

Un soir, à la maison ; je viens de coucher Lucas et de lui lire une histoire afin de l'endormir. Lionel m'interpelle :

— Cendrine, viens dans la chambre et ferme la porte ! Faut qu'on parle !

Je m'exécute, méfiante.

— Tu me prends pour un con ?

— Pardon ? Je ne comprends pas.

— C'est ça ! Fous-toi de ma gueule, en plus ! hurle-t-il en levant la main sur moi.

Une gifle magistrale me tétanise.

— Bon, je vais essayer de garder mon calme, mais tu vas devoir y mettre du tien. Je sais compter, tu sais. Tu passes de plus en plus de temps en ville et tu me rapportes de moins en moins de fric. Comment tu expliques ça ?

— Euh… Il y a les clients qui posent des lapins, ceux qui décommandent au dernier moment… Et puis, en ce moment, ils demandent moins d'extra. Je fais plutôt des trucs classiques. C'est ce qui paie le moins.

— Arrête de mentir, salope ! Il y a surtout ton petit scientifique chéri, celui dont tu t'es amouraché et qui te baise à l'œil ?

— Non ! Lionel, je t'assure…

Une nouvelle gifle m'interrompt.

— Avoue, sale pute ! Sinon, je vais me fâcher pour de bon et tu risques de passer un mauvais quart d'heure. De toute façon, je sais tout ! Je t'ai fait suivre.

— C'est vrai, Lionel, mais ce n'est pas ce que tu crois, il veut m'épouser.

— Rien que ça ! T'épouser ? Toi ? Une pute ? C'est trop drôle ! Et tu comptes te marier en blanc avec les dragées et tout le tralala ? Eh bien ! Je ne te retiens pas, vas-y ! Cours le rejoindre ! Tu n'auras pas Lucas ! Jamais ! Tu m'entends, jamais ! Lucas est mon fils !

— C'est aussi le mien ! C'est mon enfant ! Je l'ai porté dans mon ventre pendant neuf mois.

— Tu n'auras jamais sa garde. Je me suis renseigné auprès d'un avocat. Avec tes antécédents psychiatriques, le fait que tu fasses le trottoir et que tu partes avec un de tes clients, tu as tout faux. Et puis, je sais très bien qu'au fond de toi, ce n'est pas ce que tu veux pour ton fils. Tu es une bonne mère et tu ne veux pas le séparer de son papa, tu ne veux pas qu'il soit élevé par un beau-père. Tu as bien vu ce que ça a donné pour moi.

— Je ne vais pas partir sans Lucas. Je vais rester, tu le sais bien, dis-je avec lassitude.

— Ton enthousiasme fait plaisir à voir. Laisse-moi t'expliquer un truc, maintenant que je me suis calmé.

D'ailleurs, j'aurais dû te mettre en garde, depuis longtemps déjà. Il y a des mecs dont le plus grand fantasme, c'est de sortir les filles de la prostitution. Tu comprends, ma belle ? Ça les fait bander ! Ces mecs-là t'annoncent monts et merveilles, mais c'est comme les promesses électorales ! Et toi, t'es tellement naïve, ma pauvre fille, que t'es tombée dans le panneau ! Et l'autre enfoiré, il t'a sauté à l'œil ! Tu me suis ? Maintenant, imagine qu'il te sorte de la prostitution et qu'il t'épouse… Un jour ou l'autre, il te replongera le nez dans ta merde, à la moindre dispute, il te rappellera d'où tu viens et ce que tu lui dois ! Et toi, pauvre conne, tu te sentiras minable ! Alors, tu vois, tu peux me remercier, je te sauve la mise.

— D'accord, Lionel ! Ne me frappe plus, s'il te plaît. Je vais arrêter de le voir, je te le jure.

— N'aie pas peur ; puisque te voici revenue à de meilleurs sentiments, quel intérêt aurais-je à abîmer ta jolie petite gueule de chienne ? Par contre, je ne veux surtout pas que tu arrêtes de le voir. Il est plein aux as, il est raide dingue de toi ! Non, tu vas me le plumer comme prévu, mais pas de sentiments, en professionnelle ! Tu ne m'avais pas dit qu'il voulait passer une nuit avec toi ?

— Oui, en effet, mais comme je ne fais pas les nuits…

— Eh bien, ça va changer ! Tu lui proposeras de passer une nuit entière avec toi pour trois mille francs.

— C'est une grosse somme.

— Avec, on remboursera nos loyers en retard. C'est bientôt la fin de la trêve hivernale. Un dernier truc, salope, essaie de ne plus prendre ton pied avec lui ! C'est mon petit doigt qui me l'a dit. Je te l'ai expliqué mille fois, c'est les clients qui doivent jouir, pas toi ! OK ? Et maintenant, à poil, ma belle ! Tu vas t'occuper de moi et sois bonne, sinon, gare à tes fesses !

Les paroles de Lionel ont semé le trouble dans mon esprit et je ne sais plus où j'en suis ni à qui faire confiance. Et si Vincent ne cherchait qu'à profiter de moi ? Comme dit le dicton, « on sait ce que l'on perd, mais pas ce que l'on gagne ». Cette situation est sans issue, je doute trop. Je préfère sacrifier l'amour afin de ne pas déraciner mon enfant.

Chez Vincent :

— Ma chérie, ça ne va pas ? Tu avais l'air bizarre au téléphone.

— Lionel sait tout pour nous deux et il n'est pas content.

— Il ne t'a pas frappée, au moins ?

— Un peu, quelques gifles, ce n'est pas grave, j'ai l'habitude.

— Comment ? Ce salaud a osé lever la main sur toi ?

— Je suis obligée de te faire payer comme les autres, maintenant.

— Ah ! Tu vois bien ! Il n'y a que l'argent qui l'intéresse ! Qu'est-ce que je te disais ?

— Il m'a dit des choses horribles sur toi.

— Quelles choses ? Il ne me connaît même pas !

— Que tu profitais de moi, de ma naïveté, pour me faire l'amour sans me payer, que ton fantasme, c'est de me sortir de la prostitution, mais qu'ensuite, tu me rappelleras d'où je viens…

— N'importe quoi ! Il a réussi à t'embrouiller. Je t'aime, Cendrine. J'ai toujours été franc et honnête envers toi, ma chérie.

— Il ne me laissera jamais Lucas ! Si je le quitte, je perdrai mon fils. Il a même contacté un avocat. Figure-toi qu'il me faisait surveiller, car il avait des doutes ! Maintenant, il veut que je te plume.

— Quel salaud ! Tu vois bien que seul l'argent le motive ! S'il était réellement jaloux, il t'interdirait de me revoir, mais comme il sait que j'ai les moyens…

— Il est même d'accord pour que l'on passe une nuit ensemble. Mais je n'ose même pas te dire la somme qu'il réclame.

— Combien ? Dis-le-moi ?

— C'est une grosse somme. Trois mille francs.

— Et toi, tu as envie de passer toute une nuit avec moi ?

— Bien sûr, Vincent, mais pas pour trois mille francs. N'accepte pas !

— C'est dommage que cet argent n'aille pas dans ta poche. Je suppose qu'il va le dilapider et que tu n'en verras pas la couleur.

— Il a dit qu'il s'en servira pour rembourser nos loyers en retard.

— Vous avez des loyers en retard ? Avec tout l'argent que tu lui rapportes ? Tu n'as pas peur d'être expulsée avec ton fils ?

— Un peu, j'y pense souvent et ça me stresse.

— Tu crois qu'il paiera les loyers ?

— Je pense qu'il s'achètera plutôt une nouvelle CiBi, mais je me trompe peut-être.

— Écoute-moi, ma puce. Cette nuit, on va la passer ensemble, depuis le temps qu'on en rêve. Les trois mille francs, c'est toi qui iras les déposer à la banque pour faire un virement à tes propriétaires.

— Lionel sera furieux. Je lui donne toujours l'argent pour qu'il le gère.

— Dis-lui que ce sont mes conditions. Je veux bien te donner trois mille francs, mais pour t'aider à résoudre tes problèmes de logement.

— OK, je ne risque rien à lui en parler.

Quelque temps plus tard, je suis dans la voiture de Vincent et nous nous apprêtons à passer une nuit entière tous les deux :

— Ce n'est pas la route qui mène chez toi, chéri ?

— Non, nous allons au restaurant, mon amour.

— Tu es fou ! On aurait pu manger un morceau chez toi ! Ça va te coûter cher en plus des trois mille francs.

— Ne t'inquiète pas pour ça. Depuis le temps que j'ai envie de t'inviter à dîner ! Tu es heureuse, j'espère ?

— Oui, bien sûr. Je te remercie.

— Ça me fait tellement plaisir de te sortir. Je sais bien que tu n'as pas souvent l'occasion de te distraire.

Au restaurant, Vincent a réservé et le serveur nous installe dans un coin tranquille. Nous prenons un kir en apéritif.

— Tu as choisi, Cendrine ?

— J'hésite, car tout a l'air délicieux. C'est pas un peu cher, quand même, ici ?

— Ne t'occupe pas du prix ! Commande ce qui te tente ! Et détends-toi, mon amour, tu n'as rien à craindre tant que nous sommes ensemble.

Nous avons choisi, Vincent a également commandé une bonne bouteille. Je lui confie à l'oreille que le vin me rend amoureuse… Peu à peu, je me détends. L'espace de ce repas, j'oublie mon quotidien, je me plais à imaginer que nous formons un vrai couple sorti dîner comme beaucoup d'autres. Le vin est capiteux, la côte de bœuf magnifiquement grillée, quant à la compagnie de Vincent, elle est merveilleuse. Au dessert, je choisis une énorme coupe glacée surmontée de chantilly que je déguste avec gourmandise. Vincent n'en revient pas qu'avec ma silhouette, je fasse preuve d'un si bon coup de fourchette. Ensuite, nous allons chez lui. Pour commencer, nous décidons de prendre un bain. Nous rions aux éclats tout en nous éclaboussant de mousse avant de passer à des jeux plus sensuels. Dans sa chambre à coucher, nous continuons à nous ébattre avec passion. Faire l'amour avec Vincent est toujours pour moi un moment magique, exceptionnel. Je sens que cette émotion est partagée. Puis nous discutons, lovés l'un contre l'autre. Nous évitons sciemment les sujets douloureux, ne voulant pas nous gâcher le bonheur de cette nuit en amoureux. Dans les bras de mon amant, j'évoque mon enfance et ma jeunesse de vilain petit canard, je parle de mon fils, aussi… J'écoute Vincent se raconter, je suis très curieuse. Je lui pose mille questions, car je veux tout savoir de sa vie. Nos confidences sont entrecoupées de baisers et d'étreintes, pas une seule fois nous ne pensons à dormir. Le temps passe beaucoup trop vite. C'est déjà le petit matin. Il va bientôt falloir nous séparer. Je vais retourner à ma misérable existence et mon amant à sa solitude.

Dans la voiture de Lionel, neuf heures trente du matin. Je commence par lui donner le bordereau de la banque attestant le virement de trois mille francs pour les loyers.

— C'est ce qui était convenu, me dit Lionel. Alors, raconte, c'était comment ?

Lionel veut toujours tout savoir. En fait, ça l'excite. Il est très pervers.

— Rien de spécial… C'était normal.

— C'est ça ! Prends-moi pour un con ! Tu passes toute une nuit avec un mec que tu kiffes et rien ? Après tout, je m'en tape. Du moment que ça me rapporte un max ! S'il veut recommencer, tu lui diras que c'est le même tarif. D'ailleurs, arrange-toi pour le revoir, il faut que je change ma CiBi.

Lionel me parle du nouveau modèle à la mode, de ses caractéristiques techniques, mais je ne l'écoute plus. Mon esprit est resté dans un lit aux draps fleuris.

À la maison, une pile de vaisselle sale m'attend dans l'évier.

— J'ai préparé à manger pour Lucas hier soir et le petit-déjeuner ce matin. Je t'ai laissé la vaisselle.

— Je vois ça, dis-je avec lassitude.

— Laisse-la pour tout à l'heure ! Viens plutôt au lit avec moi. Il n'y a pas de raison qu'il n'y en ait que pour tes clients, dit-il en plaquant ses mains sur mes fesses.

Je n'ai pas du tout envie de Lionel ce matin, pas après Vincent… Mais je sens bien que je n'ai pas intérêt à me refuser. Il pourrait m'en coûter. Alors, je me laisse faire, docilement. Il me pousse sur le lit brutalement, me prend sans ménagement, sans tendresse, sans sentiment. Ses propos sont obscènes, vulgaires, orduriers. Il profère des paroles déplacées sur ma belle histoire d'amour. Il gâche tout. Notre parenthèse enchantée devient sale dans sa bouche.

Le téléphone sonne pour les rendez-vous de l'après-midi. Je suis épuisée. Si j'avais le temps, je ferais bien une sieste avant d'aller au Christina… J'essaierai de me reposer un peu là-bas, entre deux clients.

Au fil du temps, je continue de m'enliser. Je vis un grand amour impossible avec Vincent. Je culpabilise pour les quelques nuits chèrement vendues que je passe avec lui. Bientôt, Vincent devra retourner vivre dans son appartement parisien pour cause de mutation professionnelle. Il reviendra de temps en temps ici pour des missions ponctuelles, mais nous allons être séparés de longs mois. Il me supplie de fuir avec Lucas et de venir vivre à Paris. Je ne sais que faire… Même si j'ai confiance en Vincent, je n'ai jamais vécu avec lui. Et puis, le petit. Lucas ne supportera pas de vivre séparé de son père. Tôt ou tard, il me le reprochera. Qui me dit que Vincent sera un bon père de substitution ? Je ne peux pas me résoudre à suivre Vincent, malgré tout mon amour pour lui.

L'appartement aux draps fleuris n'est plus qu'un lointain souvenir. Il m'arrive de passer devant la résidence, toujours avec un pincement au cœur. Vincent me téléphone régulièrement. Il est malheureux loin de moi. Je ne sais que lui répondre. De toute façon, moi je suis malheureuse, quoi qu'il advienne.

Désormais, je suis modèle-photo-vidéo pour amateurs et professionnels. En réalité, peu de choses ont changé, sauf les termes de mes annonces. Je continue à rencontrer des hommes au Christina. Parfois, certains apportent un appareil photo ou un caméscope.

C'est Lionel qui est à l'origine de cette diversification de mes activités. Il est vrai que modèle, ça fait plus classe que prostituée ! Je crois que je viens de monter un échelon dans la hiérarchie… des bas-fonds. Parfois, il arrive qu'un véritable photographe professionnel veuille me rencontrer pour un casting. Dans ces cas-là, Lionel met un point d'honneur à m'accompagner. Il négocie le contrat.

Depuis quelque temps, je prends du Prozac en cachette. Cet antidépresseur m'a été prescrit par un client médecin, mais je me sens néanmoins glisser de plus en plus. Le cannabis, ma béquille, me soulage comme une amie, ma triste existence me semble un peu plus supportable.

Je commençais à peine à m'habituer à son absence que Vincent m'annonce qu'il sera ici dans quelques jours. Nous convenons de nous revoir dans un hôtel qu'il a réservé pour la nuit. À nouveau, je dois lui demander de l'argent. Le revoir est à la fois source d'un grand bonheur et d'une grande souffrance psychologique. Nos retrouvailles sont déchirantes. Entre deux étreintes, je décide de lui montrer mon book de modèle, tentant de lui expliquer que je vais bientôt pouvoir me sortir de la prostitution.

— Alors, c'est chouette, non ? Je suis super belle en photo, pas vrai ?

— Tu es très belle au naturel aussi, ma chérie, tu sais. Méfie-toi avec ça ! Tu commences par quelques photos et avant que tu réalises ce qu'il t'arrive, tu te retrouves à faire du porno ! Fais très attention où tu mets les pieds.

— Mais non, tu exagères, Vincent. Je ne vais pas faire de porno, n'importe quoi. Regarde ce cliché ! On dirait du David Hamilton ! C'est super soft, au contraire. Le photographe m'a donné cinq cents francs pour une heure et je n'ai même pas eu besoin de coucher.

— Ah ! Là ! Là ! Mais tu t'entends parler, mon pauvre amour ? J'ai mal au cœur pour toi. Je t'aime tant.

Le lendemain matin, c'est un véritable crève-cœur que de devoir nous séparer. Il me quitte en me promettant de revenir dès qu'il le pourra.

Malgré le Prozac, je ne vais pas bien. Certains jours, je me sens très mal. J'ai envie de tout envoyer balader, les clients, le Christina, les photographes, et surtout Lionel. Je suis irritable, fatiguée et déprimée. Aujourd'hui, je ne travaille pas. Lucas est à l'école et Lionel est sorti voir ses amis cibistes, comme il le fait souvent. Je suis à la maison, toute seule, dans un état d'abattement extrême. Si je ne travaille pas, c'est parce que j'ai refusé des rendez-vous. Je ne me sentais pas la force… Bien entendu, Lionel n'est pas au courant. Je pense à Vincent. Il me manque terriblement. C'était mon unique soutien affectif. Je le sais en vacances dans sa famille, dans le midi de la France. J'ai envie d'entendre le son de sa voix, des paroles aimantes et bienveillantes. Je lui téléphone. Au bout de quelques minutes, ma voix se brise et je m'effondre en larmes. En fait, je suis sur le point de faire une grosse bêtise. Vincent se veut rassurant. Il me dit qu'il saute dans sa voiture et qu'il sera là d'ici deux heures, qu'il va prendre l'autoroute pour aller plus vite. Je ne sais pas quoi faire… J'ai peur que Lionel revienne à la maison. Nous sommes en mai. Mon amant me dit que le mieux, c'est de l'attendre à l'extérieur, dans un coin tranquille. Je connais un petit chemin au milieu des vignes, où je vais souvent promener mon chien. J'appelle Caramel qui aboie joyeusement en me voyant la laisse à la main. Je suis si mal que j'ai besoin de sa compagnie pour ne pas m'effondrer. Si d'aventure quelqu'un nous croisait, il se demanderait qui, du chien ou de la femme, promène l'autre.

Je me suis suffisamment éloignée de la maison. Je m'assois à l'ombre d'un abricotier sauvage, tout en détachant Caramel qui se couche à mes pieds. Je passe mes mains dans son beau pelage roux, lisse et soyeux. Ce contact physique avec l'animal m'apaise quelque peu. J'attends que Vincent m'appelle sur mon portable. Je suis nerveuse. Mais qu'est-ce que je fais ici ? Quand Lionel apprendra que je l'ai revu en cachette… Je ne dirai rien… Il croira que je suis sortie promener le chien.

Si je partais, si je m'enfuyais avec Vincent ? Je passerais seulement récupérer Lucas à l'école et l'on partirait tous les trois. Lionel ne nous retrouverait jamais. Au début, Lucas réclamerait son père et, petit à petit, il l'oublierait. Il n'a que cinq ans, après tout. Mais j'ai peur, peur que Lionel nous retrouve, peur qu'il veuille se venger. S'il engageait un détective privé pour nous localiser, comme dans les films ?

J'en suis à ce stade de mes réflexions quand mon téléphone sonne. C'est Vincent. Je lui explique comment me rejoindre. Il est là. Il me serre dans ses bras pendant que Caramel lui fait la fête. Je suis en pleurs. Il me console et sèche mes larmes. Quand je suis enfin calmée, il flatte doucement l'encolure de mon chien qui n'en attendait pas moins. Nous parlons, nous parlons longtemps. Je veux partir. Je ne veux plus. Je ne sais pas. Je ne sais plus. Soudain, je m'aperçois que Caramel n'est plus là. Nous le cherchons, mais il demeure introuvable. J'en déduis qu'il est sans doute rentré à la maison à l'heure qu'il est. D'ailleurs, il commence à se faire tard. Lionel est certainement passé récupérer Lucas à l'école. Il a dû trouver Caramel. Je n'ai plus d'alibi. Je m'en moque. Au point où j'en suis, autant rester plus longtemps avec Vincent, autant lui faire l'amour, une dernière fois, une toute dernière fois, là, au milieu des vignes. Nos corps s'épousent, amoureusement, douloureusement aussi, car nous savons que c'est fini, que l'on ne peut plus continuer ainsi. Vincent sait bien que tout au fond de moi, j'éprouve encore des sentiments pour ce salaud de Lionel. Ça le blesse, mais il n'a pas le choix. Comment se dire adieu ? La nuit est tombée, mon amour me raccompagne en voiture à quelques rues de chez moi. Un dernier baiser et c'est fini. Je rentre à la maison, penaude, résolue à recevoir une bonne correction. Lionel m'attend avec Lucas. Un énorme soulagement se peint sur son visage dès qu'il m'aperçoit. Il semble étonnamment calme. Le petit se précipite dans mes bras :

— Maman ! Te voilà ! Enfin ! Où t'étais ?

— Lucas, n'embête pas Maman ! Elle va te lire une histoire dans ton lit, maintenant qu'elle est là.

Quelques minutes plus tard, je sors de la chambre de mon fils. Lionel me fait signe de prendre place sur le canapé à ses côtés. Il nous a roulé un joint.

— Je suis content que tu sois finalement revenue. Quand j'ai vu le chien rentrer sans toi… Tu étais avec ton gars, c'est ça ?

— Oui, on était ensemble, mais c'est terminé.

— Pourquoi tu as choisi de rester avec moi ? Je bosse pas, je t'épouserai jamais, je suis fauché, je te traite mal… Pourquoi ?

— Je n'en sais rien. Je me le demande, pourquoi. Sûrement parce que tu es le père de Lucas, dis-je en tirant sur le joint.

— C'est bien. Je t'aime, tu sais ?

— Ouais…

— Tu vas prendre des vacances, bientôt. Cet été, on va essayer de gagner notre vie honnêtement. Ce sera un peu comme des vacances, pour toi. J'ai bien réfléchi, pendant que tu n'étais pas là. Je me disais si elle revient, je changerai, pour elle.

— Ah bon ? On va faire quoi ?

— Tu te souviens de mon pote, celui qui vendait des fruits sur les marchés. Il arrête cette année. Il faut que je le voie pour tout organiser. Ça rapporte, son truc.

— C'est vrai, tu veux qu'on vende des fruits ?

— Pourquoi pas ?

Pendant quelque temps, je reçus des lettres de Vincent, jusqu'au jour où je lui écrivis de m'oublier, de continuer sa vie, de se trouver une compagne… Ce fut nécessaire pour moi de rompre tout contact avec lui, mais difficile. Cela fait si mal de tourner la page d'une belle histoire.

8

Du trottoir aux marchés

« *Le calme et la tempête*
M'appellent.
Je cours droit devant,
Tout en tournant la tête.
Le choix est cornélien.
Je ne m'arrête pas, je brave les vents.
Je sais, je m'y attends.
J'évite l'affrontement.

Où allons-nous mon bel amour ?
J'ai les jambes en coton.
Courir pour toi, j'y arriverai toujours.
J'en perds mon pantalon. »

OLIVIA RUIZ, *Le calme et la tempête*
2012, Polydor.

IL EST PEUT-ÊTRE TEMPS DE SE RANGER ? LIONEL EN PREND CONSCIENCE. Il m'adresse la parole, aimablement :

— Ma belle, tu as beaucoup de clients demain ?

— Non, c'est calme en ce moment. J'ai un rendez-vous sûr et un autre doit confirmer.

— Tu pourrais annuler et on passerait la journée ensemble. Ça te ferait du bien de te reposer un peu. J'en profiterais pour te présenter à mes potes cibistes. Ça te dit ?

— Oui, c'est super ! dis-je, enthousiaste.

Nous arrivons à la station-service. C'est le quartier général des cibistes. Lionel, qui se fait appeler Crocodile, me présente ses amis. Ils ont tous des noms de code, des QRZ. Je fais donc la connaissance de Lucky-Luke, Totor, Oui-Oui et beaucoup d'autres personnages. Une jolie fille entre, très sûre d'elle, et va directement voir Lionel. Elle a un problème avec son matériel, il va y jeter un coup d'œil. Elle me dévisage, arrogante, en s'adressant à Lionel :

— Qui c'est, celle-là ?

— Je te présente ma femme, Cendrine.

— Ah ! Pardon ! Désolée ! Eh ben, dis donc, tu nous avais pas dit qu'elle était canon !

Et, s'adressant à moi :

— Enchantée, moi c'est Tigresse ! Je m'excuse pour tout à l'heure. Je vous avais prise pour une nouvelle cibiste et je voulais vous tester. Je ne pouvais pas me douter que vous étiez la femme de Croco.

— Ce n'est pas grave. Tu peux me tutoyer, puisque tu es une amie de Lionel, lui dis-je, faussement amicale.

Je n'aime pas que de trop jolies filles tournent autour de mon homme, surtout cette Tigresse. Elle m'a l'air du genre à sauter sur tout ce qui bouge.

Lionel lui offre un café en demandant :

— Et Belette, elle est pas avec toi ? C'est étonnant !

— Si, elle va pas tarder à arriver, t'inquiète. Regarde ! Quand on parle du loup…

Une fille pénètre dans la station, moins jolie que Tigresse, donc forcément moins dangereuse à mes yeux. Apparemment, elles s'entendent très bien, toutes les deux. Les cibistes taquinent Lionel sur le fait qu'il leur a caché que sa femme était si belle. Certains m'appellent Madame Crocodile. Même la fameuse Tigresse semble impressionnée par mon physique. Elle me complimente sur ma tenue, voulant savoir où j'ai trouvé des chaussures aussi « dingues ». Nous discutons autour de la machine à café, quand je fais remarquer à Lionel qu'il est bientôt l'heure d'aller récupérer Lucas à l'école. Je prends congé en promettant de revenir. Finalement, ça m'a changé les idées. Ils sont plutôt sympathiques dans l'ensemble, ces cibistes.

Nous allons vendre des brugnons sur les marchés cet été. C'est officiel. Lionel a acheté un vieux fourgon. Il faut l'équiper, notamment aménager une couchette pour Lucas, car les horaires sont matinaux et il doit pouvoir se reposer confortablement. Les cibistes sont venus nombreux pour transformer le fourgon. Dans notre cour, c'est un joyeux bazar fait de planches de contreplaqué, de scies et d'outils en tous genres. Ceux qui ne travaillent pas encouragent les autres. Depuis le matin, je m'active en cuisine pour nourrir tout ce petit monde. Au menu, lasagnes maison et gâteau au chocolat. Oui-Oui me demande la permission d'aller chercher des bières au réfrigérateur. Dans la cuisine, je m'apprête à enfourner un énorme plat de lasagne :

— C’est pour nous, tout ça ? On va se régaler ! Vous êtes très courageuse de cuisiner autant toute seule, Madame Crocodile.

— Je t’ai déjà dit de m’appeler Cendrine. Et toi, pourquoi on t’appelle Oui-Oui ?

— Moi, c’est parce que je suis toujours joyeux et de bonne humeur, comme Oui-Oui.

— OK, c’est vrai que ça te va bien. Si vous avez encore soif, il y a d’autres bières au frais. Ne vous gênez pas !

Juillet et août, deux mois, une belle parenthèse, j’adore ce job, me lever tôt, installer notre stand, attendre que le marché se remplisse. Même Lucas participe. Il fait goûter les fruits, essentiellement brugnons et melons. Il est tellement attendrissant avec ses boucles blondes que les petites mamies achètent des fruits uniquement pour lui faire plaisir. Il y a une éternité que je ne m’étais sentie aussi épanouie. Même Lionel semble bien dans sa peau et un peu d’activité ne peut pas lui nuire. Force est de constater que ces années de chômage ont contribué à un embonpoint indéniable. Il est passé d’une carrure de rugbyman à une obésité certaine. L’après-midi, après un rapide repas sur le pouce ou un pique-nique improvisé au bord de l’eau, pour faire trempette avec Lucas, Lionel nous dépose sur le parking de la station-service où nous nous installons afin de vendre le surplus de fruits aux touristes de passage. Pendant ce temps, il part chercher le stock du lendemain à la coopérative. Nous sommes bien organisés et même si nous n’amassons pas des fortunes, je trouve ce travail gratifiant. En juillet, nous avons eu un peu de perte, car le temps fut lourd et notre fourgon n'était pas réfrigéré, mais dans l'ensemble, nous nous en sommes plutôt bien tirés.

Lorsque je suis sur le parking de la station, je vois souvent les cibistes. J'ai appris à les connaître, même Tigresse, qui est devenue sympathique. En réalité, elle se prénomme Coralie et travaille dans une usine de conditionnement de salades. Le drame de sa vie, c'est d'avoir raté son diplôme de coiffeuse. Elle a une vingtaine d'années et, fière de son indépendance, elle vit dans un studio en ville. Finalement, ce n'est pas une mauvaise fille. Il faut savoir la prendre. Moi, elle m'aime bien.

L'été prend fin et les marchés aussi.

9

Le diable s'habille en cuir !

« J'étais Caïn junior, le fils de Belzébuth,
Chevauchant dans la nuit mes dragons écarlates
Et m'arrêtant souvent chez les succubes en rut,
J'y buvais le venin dans le creux de leur chatte.
Et les ptérodactyles me jouaient du trombone
Au quatorzième sous-sol quarante-deuxième couloir,
Où les anges déchus sous un ciel de carbone
Aux heures crépusculaires sodomisent les miroirs.
Allez roule roule lady
Roule en moi. »

HUBERT-FELIX THIEFAINE, *Chambre 2023 (et des poussières)*
1984, Masq.

MA DÉSILLUSION FUT D'AUTANT PLUS INTENSE QUE J'Y CROYAIS. J'avais cru que nous pourrions vivre honnêtement, mais les bonnes choses ont toujours une fin, surtout en ce qui me concerne.

Retour donc à la case départ, le Christina ! Je pris une décision radicale, tellement radicale qu'elle m'effraya moi-même. Puisque j'avais perdu Vincent, puisque j'étais condamnée à me prostituer, autant y aller carrément, sans aucun état d'âme, sans la moindre morale, autant toucher le fond, tout accepter, ne rechigner sur rien, devenir la meilleure ou la pire (c'est selon)... Je décidai donc d'être ce que l'on fait d'extrême en matière de vice et de dépravation. Ce serait ma façon de me détruire, de m'anéantir. Le vice deviendrait ma religion ! Lionel n'en reviendrait pas. Je devancerais ses attentes.

Je commence donc par m'étourdir de travail, prenant rendez-vous sur rendez-vous. Je n'ai plus le loisir de m'écouter penser ni réfléchir. Je ne suis plus qu'un gouffre, un gouffre sans fond dédié au plaisir des hommes. Je ne refuse plus rien, aucun fantasme, aucune pratique. Rien ne me rebute, rien ne m'écœure. Je suis devenue une salope ! Je ne déprime plus. Au contraire, je suis hyper active. Je sens que cela ne durera pas, la dépression reviendra.

Je viens de remporter un concours de photos nues pour un magazine appartenant au sex-shop Défi. Le premier prix étant un lot de cassettes pornographiques, nous avons de quoi occuper nos soirées avec Lionel. Dans ce contexte, nous rencontrons Jacques, un drôle de type, assez sympathique, un original. Il possède sa propre salle de cinéma et collectionne les vieux films. Il réalise de petites productions amateurs pour son usage personnel, des histoires de lesbiennes. Il sait recevoir et paie rubis sur l'ongle. Lionel se montre intéressé. Nous collaborons avec lui pour de nombreux tournages.

Survient alors la rencontre qui va changer notre vie. J'ai rendez-vous pour un casting professionnel avec un certain Francis Murier. Lionel m'accompagne. Nous sommes accueillis par une jolie blonde aux yeux bleus, Vanessa, sa compagne. Après les quelques questions d'usage, Francis me demande de l'accompagner dans son bureau pour une séance photo. Il tient à ce que nous soyons seuls. Il demande à Vanessa de montrer à Lionel le film SM qu'il a réalisé avec elle. Il me photographie sous tous les angles, paraît satisfait, car « j'accroche bien la lumière ». Il ouvre ensuite un tiroir rempli de sex-toys et me demande des photos plus hard. Je m'exécute, j'ai l'habitude. Son enthousiasme grandit. Pour terminer, il me montre un godemichet énorme en me disant :

— Si tu refuses, je comprendrai, mais cela me ferait plaisir que tu essaies. Je demande des trucs extrêmes dans mes films.

— Ça ne me fait pas peur, ce machin ! dis-je crânement, bien décidée à obtenir le rôle.

— Waouh ! Même Vanessa n'y arrive pas ! Alors là, Cendrine, tu m'impressionnes ! On va parler affaires, toi et moi !

— OK, mais pour ça, je préférerais que tu voies avec Lionel. C'est lui qui gère ma carrière.

— Ah ! Je vois, pas de soucis. Descendons, alors.

Francis nous explique qu'il a appris les bases de son métier alors qu'il travaillait pour la société Défi. C'est une grosse société qui a pignon sur rue dans la région. Ils possèdent un sex-shop en ville et des studios de production de films pornographiques. À présent, Francis réalise des vidéos sadomasochistes qu'il vend à la grosse société parisienne Démonia. Il envisage aussi une collaboration avec l'Espagne. Pour son prochain tournage, il a besoin d'une fille dans mon genre. Pour l'instant, il recherche un producteur, car une vidéo professionnelle nécessite un gros budget. Il commence à discuter chiffres avec Lionel et je me désintéresse quelque peu de la conversation. En fait, je préfère parler chiffons avec Vanessa. Au terme d'une discussion animée, mon mentor propose de produire le film en échange de quoi, il encaissera la moitié des bénéfices. C'est ce qui s'appelle avoir le sens des affaires !

Durant les semaines suivantes, l'argent que je gagne est mis dans une cagnotte pour le financement du futur tournage. Je ne sais pas trop en quoi consistera mon rôle dans le film SM de Francis Murier. Le réalisateur s'est montré assez évasif pour l'instant. Naïvement, je m'imagine que, pour une vidéo, les coups et sévices sont simulés. Je n'ai qu'une vague idée du sadomasochisme. Depuis peu, je rencontre un nouveau client avec qui je ne couche pas. Je vais chez lui et là, il me demande de le frapper avec un fouet et une cravache. Il m'appelle Maîtresse et je dois me montrer autoritaire avec lui. Ça ne me dérange pas et j'estime que, pour une fois, c'est de l'argent facile puisque je ne donne pas mon corps. Je me demande quel plaisir éprouve cet homme à se faire ainsi frapper et humilier.

Hervé – c'est le prénom de mon soumis – me présente Pépé, un vieux pervers plutôt décati qui demande, entre autres choses, de lui planter des épingles à nourrice dans le pénis. Je refuse, horrifiée. Je veux bien accéder à toutes ses autres demandes, mais par pitié, pas les épingles ! Je commence à me poser de plus en plus de questions sur l'univers du SM. Au fur et à mesure que je découvre leurs perversions, je nourris de plus en plus d'appréhensions concernant le tournage dont la date approche à grands pas.

C'est le jour J. Je suis nerveuse. J'ai droit à une séance de maquillage entre les mains expertes de Vanessa. Je suis déjà totalement épilée. Je dois enfiler un *cat suit* (un vêtement très moulant) noir ajouré et une mini-jupe de cuir. Je chausse une paire d'escarpins. Vanessa est à croquer dans une nuisette transparente en dentelle blanche.

L'intrigue est assez simpliste. J'incarne une femme trompée qui s'introduit par effraction chez la maîtresse de son mari afin de lui donner une leçon. Pendant que je torture Vanessa, mon mari nous surprend et la délivre. La situation se retourne donc et le couple machiavélique me fait subir les pires sévices.

Dans le rôle du mari, c'est le réalisateur, Francis Murier, tandis que Lionel passe derrière la caméra. Le lieu du tournage, c'est la maison de Francis et Vanessa. Le budget n'est pas extensible. Rien que la location de la caméra Bêta Cam « coûte un bras ! », comme le souligne Lionel. Ensuite, il faut confier les rushs à une société qui s'occupe du montage, onéreux.

Dès le début, il faut refaire la scène de la gifle. J'ai peur de faire mal à Vanessa, n'ayant pas bien saisi le principe du SM. Alors, Francis et Lionel s'énervent : « On ne va pas y passer la semaine pour une malheureuse gifle ! » Je la trouve tellement adorable avec sa petite frimousse angélique, Vanessa, que je ne suis pas du tout motivée pour la faire souffrir. Finalement, la scène de la gifle est dans la boîte et c'est là que l'histoire se corse. Je finis par me mettre dans l'ambiance et la blondinette se retrouve ligotée sur la table, livrée à mon bon vouloir. Je la fouette donc vigoureusement et après, je lui introduis toutes sortes de godemichets dans le vagin et l'anus, tout en l'insultant, jouant à fond mon rôle de femme jalouse et trompée. Je termine par une scène mémorable où j'enfonce le talon de mon escarpin dans son intimité. Ensuite, c'est à mon tour de souffrir et là, ils s'y mettent à deux. On sent bien qu'ils ont l'habitude, ils torturent sans aucun état d'âme. Je reste digne. Du coin de l'œil, j'observe Lionel. Je le sens surpris et très fier de moi. En fait, ils sont tous les trois impressionnés par mon endurance, à croire que j'ai fait ça toute ma vie. Je subis sans broncher le fouet, la cire de bougie brûlante sur les seins et les parties intimes, les pinces sur les tétons et les lèvres vaginales… Pour terminer, Vanessa décide de me pénétrer l'anus avec son poing. C'est extrêmement douloureux et il s'agit d'une première pour moi. Malgré le gant de latex généreusement enduit de lubrifiant, je trouve cette pratique atroce. Francis Murier m'invite à bien me décontracter. Selon lui, Vanessa a de toutes petites mains, je ne risque aucune déchirure.

À la fin de la journée, Francis, qui en a vu beaucoup d'autres, me félicite, surtout pour la partie où j'ai tenu le rôle de la soumise. D'après lui, je suis faite pour ça. Le genre de compliment que j'entendrai souvent par la suite et qui finira par causer ma perte. De l'avis général, ce sera un très bon film au nom évocateur de *Torture et soumission* !

Je viens de mettre un pied dans un engrenage diabolique.

10

Les cibistes

« Mon blues a déjanté sur ton corps animal
Dans cette chambre où les nuits
Durent pas plus d'un quart d'heure.
Juste après le péage assurer l'extraballe
Et remettre à zéro l'aiguille sur le compteur.
Ton blues a dérapé sur mon corps de chacal
Dans cet hôtel paumé aux murs glacés d'ennui.
Et pendant que le lit croise l'aéropostale,
Tu me dis reprends ton fric, aujourd'hui c'est gratuit.
Loreleï, Loreleï,
Ne me lâche pas, j'ai mon train qui déraille
Loreleï, Loreleï,
Et je suis comme un cobaye qui a sniffé toute sa paille. »

HUBERT-FÉLIX THIÉFAINE, *Loreleï Sebasto Cha*
1982, Masq.

AU MILIEU DE CET ENFER, JE VIS QUELQUES RARES BONS MOMENTS. Grâce aux cibistes, je m'évade de mon quotidien. J'ai moi aussi un QRZ à présent, emprunté à un titre de chanson de mon idole, Hubert-Félix Thiéfaine. Je suis donc Loreleï.

L'anniversaire de Coralie, alias Tigresse, est un moment mémorable. Nous sommes nombreux dans le minuscule studio. Totor et sa copine Belette, Oui-Oui, notre boute-en-train, Texas avec sa femme, Lucky-Luke, les deux Schtroumpfs… Musique à fond, chips, petits fours, pizzas et alcool à gogo ! Aux environs de deux heures du matin, passablement imbibé, Oui-Oui entreprend de s'enfiler un préservatif sur la tête. Hilarité générale ! C'est le moment que choisit la police pour venir interrompre nos réjouissances pour cause de tapage nocturne… Imaginez la tête des policiers découvrant notre ami avec son bonnet de latex ! Des repas chez les uns et les autres, il y en a souvent, ainsi que d'interminables parties de Uno chez nous, jusque tard dans la nuit, avec des cafetières qui se vident…

Un Noël magique se profile. Avec l'amicale des cibistes, nous organisons une fête pour les enfants, suivi d'un petit bal disco. C'est Lionel qui a été choisi, à cause de son embonpoint, pour incarner un père Noël crédible. Il a donc revêtu l'habit rouge et la barbe blanche. Seuls le bas de son jean et ses baskets restent visibles. Alors qu'il distribue les cadeaux au pied du sapin devant les enfants émerveillés, Lucas s'écrit :

— C'est pas le papa Noël ! C'est mon papa ! C'est mon papa à moi ! Je l'ai reconnu !

Tout le monde essaie de le faire taire…

Je participe à un défilé en lingerie sexy dans une discothèque, lors d'une soirée où Lionel a convié toute l'équipe. En effet, un tout nouveau sex-shop, concurrent de Défi, veut créer un évènement. Je suis donc recrutée et, outre mon cachet, on me donne des billets pour des entrées gratuites. C'est à cette occasion que Lionel explique, sans rentrer dans les détails, que je suis modèle de charme, ce qui a pour effet d'en impressionner certains, Tigresse notamment, qui me voient comme une sorte de mannequin.

Les cibistes me sont d'un grand soutien par rapport à mes ennuis de santé. En effet, suite à un frottis de contrôle, ma gynécologue me prescrit une biopsie. Il s'avère que des cellules sont précancéreuses. Je suis donc hospitalisée durant une semaine à la clinique pour subir une opération. Je ne cesse de recevoir des visites durant toute la durée de mon séjour. Coralie et Belette amènent le jeu de Uno pour me distraire et Oui-Oui débarque avec une énorme plante, alors que je lui ai interdit de m'apporter des fleurs en braillant :

— C'est pas des fleurs, c'est une plante !

En outre, je constate que Coralie et Lucas s'entendent à merveille. Elle sait s'y prendre avec les enfants et devient sa nounou attitrée. Nos activités nous prennent beaucoup de temps, nous sommes amenés à effectuer de fréquents déplacements, je sais que je peux lui confier Lucas.

Toutefois, malgré tout le bien que je pense de ces cibistes, je n'arrive pas à les considérer comme mes amis. La vie que je mène anesthésie mes sentiments. Pour moi, ils sont les amis de Lionel. Je les aime bien, ça s'arrête là. J'ai d'autres soucis. Au fil du temps, je me rapproche de Coralie et commence à éprouver une certaine forme d'affection pour elle, mais je garde mes distances malgré tout. Pendant longtemps, je lui ai prêté une liaison avec Lionel ; d'ailleurs, les ragots me donnaient raison. Je ne sais plus comment faire confiance.

11

Grandeur et décadence

« *Dieu !*
Pardonnez nos offenses !
La décadanse
A bercé
Nos corps blasés
Et nos âmes égarées. »

SERGE GAINSBOURG, *La décadanse*
1971, Fontana & Polygram.

LES PERVERSIONS SONT MON LOT QUOTIDIEN. Un client m'adresse à deux de ses amis qui veulent une partie fine à trois. D'après lui, ils sont dans l'import-export.

J'ai rendez-vous devant les Nouvelles Galeries. Ils ont un coupé sport décapotable des plus voyants, portent des lunettes de soleil… J'ai un pressentiment, ces types ne sont pas nets, mais je suis déjà dans leur voiture. Ils roulent à vive allure en direction de la côte. Il fait chaud et ils connaissent un petit coin tranquille, une sorte de ruine sur le littoral. Ils m'ont déjà payée, de ce côté-là, rien à dire, mais je les trouve louches.

Nous arrivons. L'endroit est magnifique, très pittoresque. Un vieux fort dans la garrigue avec vue sur la Méditerranée. Bien sûr, il faut marcher et je progresse difficilement avec mes talons hauts sur les cailloux. Nous y sommes enfin. Avant de commencer nos ébats, mes clients me proposent de la cocaïne. Je n'en ai jamais pris et Lionel m'a formellement interdit de toucher aux drogues dures. Pourtant, je sens bien que mon refus serait fort mal perçu. À mon avis, ces types sont des dealers. C'est donc ça, l'import-export ! Je joue l'habituée et je les imite en essayant d'en sniffer le moins possible. Je me sens bizarre, agissant en professionnelle malgré tout. Ils ont l'air d'apprécier, ils rappelleront. En descendant de voiture, je décide de ne plus jamais les revoir. Je ne veux pas d'ennuis avec ce genre de types, surtout pas. Ça pourrait m'attirer des soucis avec la police, qui m'a déjà fichée. En outre, je ne veux pas tomber dans une addiction, alors que je j'aime déjà trop le cannabis. J'ai suffisamment de problèmes comme cela.

Lionel a deux nouvelles à m'annoncer, une bonne et une mauvaise. Il commence donc par la meilleure. Francis Murier revient de Paris et il a vendu les droits de *Torture et soumission* un bon prix à Démonia. Par contre, ils veulent absolument les photos de la scène finale, avec le poing de Vanessa dans mon anus, pour la promotion. Je vais donc devoir refaire la fameuse scène de sodomie et ça ne m'enchante pas, loin de là. Je crains même de ne pas y arriver une seconde fois. Lionel me dit que je n'ai qu'à m'entraîner avec des accessoires. Il peut même m'aider, si je veux. Je lui réponds que finalement, je préfère m'entraîner toute seule. Connaissant la délicatesse de Lionel, c'est plus prudent.

En moi-même, je pense que ce n'est pas très professionnel de la part de notre réalisateur d'avoir oublié de prendre ces photos cruciales pendant le tournage.

La date prévue pour les prises de vue approche à grands pas et je ne suis pas opérationnelle. Lionel s'énerve et décide de prendre les choses en main. Ça se passe mal, très mal même, et il me déchire. Je me retrouve chez un médecin (un ami de Francis Murier, habitué à soigner le milieu du X), en sang. Finalement, ce n'est qu'une déchirure superficielle, mais fort douloureuse. Je serai alitée une dizaine de jours avec des couches, sous laxatifs. La date des photos pour Démonia est reportée jusqu'à nouvel ordre. D'après Francis, j'ai une chance inouïe dans mon malheur. Il paraît que lorsque j'aurai cicatrisé, je serai capable de tourner n'importe quelle scène extrême. Ces adeptes sadomasochistes sont des gens étranges. Je repense à ce que Vincent m'avait dit, il y a longtemps : « Tu commences par quelques photos et tu te retrouves à faire du porno. » Vincent, que devient-il ? J'aurais mieux fait de m'enfuir avec lui.

Je prends le train en compagnie de Vanessa pour aller au circuit des 24 heures du Mans. Elle connaît une personne qui organise des strip-teases, là-bas. Entre le fixe et les pourboires, il paraît que c'est bien payé, d'autant plus qu'il n'est pas nécessaire de coucher. Nous sommes six filles en représentation dans un camion aménagé. Un espace exigu nous tient lieu de loge. Nous changeons de tenues entre les numéros dans ce minuscule réduit. Pour nos besoins naturels, un seau ; c'est très rudimentaire. Les représentations commencent à vingt-trois heures et s'éternisent jusqu'à l'aube. Au début, quand les spectateurs arrivent, nous leur demandons un pourboire. Le rythme à tenir est très physique et lorsqu'arrive enfin le petit matin, je suis épuisée. J'ai hâte de regagner les caravanes pour pouvoir enfin me reposer. Et dire que ce soir, il faudra recommencer… Le lendemain, je me lève tard. Je déjeune, puis je vais téléphoner à Lionel et Lucas. Mon fils me manque, c'est agréable d'entendre sa voix.

Me voici de retour à la maison avec un joli petit pactole que je m'empresse de remettre à Lionel ; il semble satisfait. J'ai dû faire venir le médecin, car j'ai les reins bloqués. Je me suis certainement un peu trop déhanchée pendant les spectacles, à moins que j'aie pris froid sur le bas du dos. Me voici donc condamnée au repos et à l'immobilité. Rester au lit et déléguer l'ensemble des tâches ménagères à Lionel n'est pas pour me déplaire. Une semaine sans le Christina et les clients, ce sont des vacances !

Lionel rentre doucement dans la chambre :

— Tu dors, Bébé ?

— Non, pourquoi ?

— J'ai pensé qu'aux prochaines vacances scolaires, on pourrait aller voir ta famille, passer une petite semaine là-bas. Ça ferait du bien à Lucas de revoir ses grands-parents. Quant à toi, je sais bien que tu te languis de ta famille, pas vrai ?

— Je n'osais pas te le demander, mais j'y pensais. Mes parents me manquent… Euh… Mais…

— Y a un problème, Bébé ?

— Non, enfin oui, mais ne t'énerve pas, s'il te plaît. Voilà, je voudrais m'habiller normalement, quand je serai là-bas.

— Mais enfin, Bébé, tu es très mignonne comme tu es, belle et sexy. Dans ta famille, ils n'ont qu'à t'accepter telle que tu es ! C'est toi ! C'est ta personnalité !

— Enfin, Lionel, j'ai l'air d'une traînée et ce sont des catholiques pratiquants. Tu connais ma mère, tu sais comme elle est prude !

— Oui, ta mère, c'est vrai qu'elle est chiante et en plus, elle me déteste, mais elle est à moitié folle ! Écoute, Bébé, c'est moi qui commande. Donc, on va là-bas et ils nous acceptent comme on est, point barre !

— Je n'ai plus tellement envie d'y aller, alors.

— Moi, tu sais, c'est pour vous faire plaisir, j'ai jamais été trop famille.

Je suis de retour pour quelques jours dans mon village natal des Landes. Nous logeons chez les parents de Lionel, qui habitent à cinq cents mètres des miens. Il aurait été plus confortable de dormir dans la grande maison des Bastiani, mais Lionel ne veut pas à cause de son incompatibilité d'humeur avec ma mère.

Je suis à la fois heureuse et gênée d'être de retour au bercail. Je dois me surveiller en permanence, faire attention à ce que je dis, à ma façon de bouger… Je passe mon temps à tirer sur mes mini-jupes dans l'espoir de gagner quelques centimètres de tissu. J'ai honte devant le regard désapprobateur de ma mère. Personne n'ose dire le fond de sa pensée, car tout le monde craint Lionel et ses réactions violentes, mais il plane un sentiment de malaise. Le seul qui ait l'air content, c'est Lucas, choyé et dorloté par toute la famille. Il s'amuse dans le grand jardin de mes parents avec ses petits cousins et cousines.

Ce midi, nous sommes conviés tous les trois à un couscous. Connaissant ma mère, je sais qu'elle s'est levée à l'aurore pour éplucher tous les légumes et faire mijoter ce repas succulent. Le couscous, c'est mon plat préféré, maman le sait bien. Par la faute de Lionel, nous arrivons en retard, à midi passé. Mes parents ont dressé la table dans le jardin, car il fait soleil et l'air de ce mois d'avril est doux. Ma sœur et son compagnon ont commencé à prendre l'apéritif. Mon père nous propose l'anisette et la kémia, les tapas des Pieds-Noirs. Je porte un chemisier blanc, transparent, décolleté et une mini-jupe en jean très courte avec des sandales blanches à très hauts talons. Ma mère me fait remarquer que les hauts talons déforment la colonne vertébrale, c'est mauvais pour ma scoliose : regard courroucé de Lionel. Lucas est en train de chercher des œufs de Pâques dans le jardin. Il revient bientôt les bras chargés et les adultes lui disent d'attendre le dessert pour les goûter.

À présent, nous savourons le couscous et il faut bien avouer que ma mère s'est surpassée. La *marga* (la sauce) est délicieuse et la graine parfaite. Lionel est le seul à manger ce plat traditionnel avec du pain. On a tous fini par s'y habituer. Je termine mon assiette et m'apprête à me resservir quand, soudain, j'aperçois Lionel qui me fait les gros yeux :

— Et ta ligne ? Enfin, Cendrine, tu n'es pas raisonnable !

Ma mère sort alors de ses gonds, tout en me servant généreusement :

— Mange donc, ma fille ! Tu es tellement maigre qu'on te voit les côtes !

— Lionel, vous faites peut-être la loi avec Cendrine, mais ici, dans ma maison, vous n'empêcherez pas ma fille de reprendre du couscous si elle en a envie ! Par contre, c'est votre propre ligne qu'il faudrait surveiller !

— Vous ne m'avez jamais aimé ! Je sais ce qui est bien ou pas pour Cendrine ! C'est ma femme !

— Ce sera votre femme quand vous l'aurez épousée devant Dieu ! Pour l'instant, tout ce dont vous avez été capable, c'est de lui faire un enfant ! Vous n'avez même pas de travail ! On se demande bien de quoi vous vivez et surtout comment vous vivez ! Une vie de patachon ! Voilà ce que vous lui offrez, à Cendrine !

Au fur et à mesure que la discussion s'envenime, je me sens très mal à l'aise et surtout responsable. Si j'avais su, je ne me serais pas resservie. Finalement, Lucas, effrayé par les éclats de voix, se met à pleurer et tout le monde s'emploie à le consoler, ce qui clôt la dispute. Au dessert, un petit vent se lève et ma mère demande à ma sœur de monter me chercher un châle, car je suis très décolletée, il ne faudrait pas que j'attrape mal. Lionel lance à ma mère un regard noir. C'est une des raisons pour lesquelles, au fil du temps, nous allons de moins en moins dans nos familles respectives. Ce genre de disputes est fréquent.

Cet après-midi, nous avons laissé Lucas chez ses grands-parents et nous allons tous les deux nous promener dans notre petite ville natale. Devant le café de l'église, nous rencontrons un ancien camarade de Lionel. Je ne l'aime pas, car il me persécutait en me traitant de « vilaine » quand j'étais petite. Il ne semble pas m'avoir reconnue. D'ailleurs, il s'adresse ainsi à Lionel :

— Tu ne me présentes pas la charmante personne qui t'accompagne ?

— Comment ? Ne me dis pas que tu ne l'as pas reconnue ? C'est Cendrine, Cendrine Bastiani. Tu étais à l'école avec elle !

— Cendrine ? dit-il incrédule. Eh bien, si j'avais pu me douter que tu deviendrais un canon… Bon, je vous offre un verre ?

Barcelone. Je suis en Espagne pour un week-end dans un hôtel de luxe avec Lionel, Francis et Vanessa. Nous prenons tous nos repas au restaurant. Nous arpentons les travées du salon Érotica. Nous sommes venus pour vendre les droits de *Torture et soumission*. Je suis contente d'être ici. C'est un peu comme des vacances. Nous avons déjà pris contact avec une société espagnole qui semble intéressée par notre vidéo. Nous sommes confiants. Je rencontre des personnalités du monde du X, comme Rocco Siffredi et bien d'autres. Tout le gratin de la profession est présent ici, Francis Murier connaît tout le monde. Je suis un peu comme un papillon, éblouie par les flashs et les strass de ce monde trop artificiel. Je ne sais pas encore que je m'y brûlerai les ailes. Lionel observe et, lui aussi, nourrit des rêves de gloire. Il se sent dans son élément, ici.

Les Espagnols sont enthousiastes. Ils achètent les droits de notre film. Au passage, ils saluent ma prestation et me prédisent un bel avenir dans le métier. Ils passent même commande pour une prochaine vidéo. Nous exultons et partons fêter cette nouvelle au champagne à la terrasse d'un bon restaurant. Je n'en reviens toujours pas. Tout me semble idyllique. Je ne vois pas encore l'envers du décor.

Lionel s'est fait de nouveaux amis. Ce ne sont pas des cibistes. Il les a invités à prendre le café à la maison ce soir. Je fais donc la connaissance de Juan le gitan et du Légionnaire. D'emblée, Juan me semble sympathique, quoique louche. Ce type a une gueule à être contrôlé d'office par la police. Le gitan est gouailleur, charismatique et drôle. Il roule des joints comme si le shit était gratuit, ce qui me rend ce personnage d'autant plus intéressant. Quant à celui qui se fait appeler le Légionnaire, il est carrément dingue. On le dirait monté sur ressort. Il fait une démonstration de nunchaku au milieu de mon salon et manque de briser un joli vase. On me prévient que saoul, il a la réputation d'être intenable, afin que je ne lui propose que du café. Il parle beaucoup, prétend être un ancien de la Légion étrangère, détail dont personne n'aura jamais la certitude. C'est un drôle d'hurluberlu. Ces nouveaux copains sont vigiles dans un camping sur la Côte Vermeille. Je me demande comment Lionel les a connus et dans quelles affaires douteuses il trempe encore. Après tout, mieux vaut rester dans l'ignorance, c'est plus prudent. Je m'applique dans mon rôle de ravissante idiote tout en servant le café. Les deux vigiles deviennent des familiers, je fais aussi la connaissance de leurs femmes. Juan a une belle petite famille, une fille plus jeune que Lucas et un fils en bas âge. Il a épousé la fille du chef de clan, une brune magnifique répondant au doux nom de Lola. Le Légionnaire a une compagne, Laura, blonde, réservée, d'allure bourgeoise et plutôt jolie femme. Ils sont assez mal assortis tous les deux, c'est flagrant. Lionel a un immense respect pour la femme du Légionnaire. C'est d'ailleurs assez surprenant de la part d'un homme qui, en général, est misogyne. En ce qui me concerne, je trouve Laura un peu trop coincée. Elle détonne dans le paysage ! C'est aussi l'avis de ma copine Coralie.

Nous sommes invités à un repas chez le couple disparate. Le Légionnaire est passionné de cuisine asiatique, il prépare lui-même nems et autres raviolis chinois. J'ai jugé opportun de revêtir ma robe à col Mao en satin bleu nuit ornée de dragons et de fleurs de lotus. Notre hôte en est ravi et n'a de cesse de s'extasier sur ma tenue. La table est raffinée, le repas dressé dans de la porcelaine décorée de dragons. Après un dessert à base de litchis, le saké nous est servi dans des petits verres coquins au fond desquels une femme exécute un strip-tease. Plusieurs verres de saké plus tard, notre cuisinier décide, au grand dam de Laura, de revêtir un authentique uniforme de légionnaire et entonne à tue-tête : « Tiens ! Voilà du boudin ! » Sa compagne est désespérée, il est tard et les voisins ne vont certainement pas apprécier. Lionel tente donc de le raisonner. Finalement, il réussit à le calmer en lui proposant d'aller rendre visite à Juan. La soirée ne fait que commencer… Quelques heures plus tard, nous sommes tous les quatre, Lionel, Juan, le Légionnaire et moi, attablés devant un café bien serré dans notre salon. Alors que je suis dans la cuisine occupée à remplir une nouvelle fois la cafetière, Juan sort sur la terrasse tout en me faisant un signe discret. Je le rejoins alors qu'il roule un joint :

— T'en veux ? me demande-t-il avec un regard complice.

— Merci, Juan.

J'aspire la fumée comme si ma vie en dépendait.

— Doucement, Cendrine, tu vas exploser tes petits poumons, là, me dit-il en riant. Il est relou, le Légionnaire ; c'est mon pote, mais n'empêche qu'il faut se le coltiner ! ajoute-t-il.

— Ah ! Ouais ! Ça, tu l'as dit ! Un phénomène, ce mec !

J'aime bien ce moment de complicité avec le gitan. On s'apprécie tous les deux, on se respecte. C'est un type bien, ce Juan. La suite des évènements me le prouvera… C'est un type sur qui on peut compter.

Francis Murier a arrêté une date pour le prochain tournage. Nous allons réaliser deux films durant le même week-end. J'aurai le premier rôle. Il y aura une vidéo axée sur le piercing et une autre, moins ambitieuse, de bondage (une pratique plutôt soft de l'art des nœuds et de la contention). Les bénéfices de ce film sont destinés à amortir les frais du premier.

Aujourd'hui, Lionel effectue, avec l'aide de Francis et Vanessa, la pose d'un anneau en acier chirurgical sur mon nombril. L'aiguille de piercing est impressionnante et je ne suis pas rassurée, mais l'idée de pouvoir arborer, après cicatrisation, un joli bijou avec une pierre précieuse, comme celui de Vanessa, m'aide à rester digne.

Mon pygmalion apprécie de moins en moins le couple Murier. Effectivement, à l'occasion d'un déplacement à Barcelone, dans les locaux de la société qui distribue nos vidéos, les deux hommes ont eu des divergences d'opinions.

Lionel s'est montré très enthousiaste après les compliments des Espagnols. Francis lui a dit de ne pas s'emballer, car malgré mon potentiel, j'avais des défauts esthétiques, une dentition rebelle et une petite poitrine. Selon le réalisateur, je ne serais jamais une grande star. De telles affirmations déplaisent à Lionel, mais, hypocrite, il n'en laisse rien paraître. Il a son plan… À ses yeux, Vanessa n'est qu'une jolie potiche sans avenir. De toute manière, c'est sa créature, la vedette des deux prochaines vidéos. Lionel soupçonne Francis d'être jaloux. Il prend sa décision : après le prochain tournage, il affirmera son indépendance envers les Murier. Il a observé, appris, il veut se lancer dans la réalisation.

Mon Maître a décidé que nous commencerions par faire du X amateur, vendre nos propres productions, réalisées avec notre petit budget et des acteurs non rémunérés. Le concept existe déjà, il a le vent en poupe. Pour recruter acteurs et actrices et rechercher des lieux de tournages insolites, il suffit de passer des petites annonces sur Internet ou dans les revues spécialisées.

Lionel est optimiste, car il a trouvé sa voie, une activité qui correspond à ses aspirations profondes. Comme toujours, j'obéis…

Par l'intermédiaire de nos annonces, nous rencontrons Thomas, qui habite le département voisin. Il a déjà participé à des vidéos amateurs, notamment pour une jeune femme surnommée « la reine du porno maison ». Il loue une aile dans un incroyable corps de ferme avec un immense grenier, lieu propice aux tournages et autres turpitudes. Il a une amie malienne qui vit entre Paris et ici, en Province. Elle est aussi modèle photo-vidéo, principalement pour lui. Ce type ne m'inspire pas une grande confiance. Pourtant, Lionel ne tarde pas à sympathiser avec lui et ils deviennent rapidement très liés. Ils ont en commun le goût du vice et de l'argent facile. C'est ainsi que je me retrouve, un jour par semaine, sous couvert de séances de pose, à exercer la prostitution dans ce grenier sordide pour le compte des deux lascars. Le jour du grenier, Coralie s'occupe de Lucas, car nous rentrons fort tard, parfois le lendemain matin. Les deux hommes aiment bien s'amuser et je suis leur jouet. Ils se plaisent aussi à m'espionner par le biais d'un microphone qu'ils ont soigneusement dissimulé. Je déteste les moments que je passe là-bas. Le local est dégoûtant, sans sanitaires. Je dois utiliser un seau pour mes besoins naturels et attendre la fin de la journée pour utiliser la salle de bains de Thomas.

Ensuite, nous mangeons sur place ; les deux acolytes, suivant l'humeur du jour, me félicitent ou m'humilient. La longue nuit de débauche peut alors commencer… Thomas est coutumier de tournées nocturnes dans les hauts lieux échangistes, arborétum, sauna, etc. Ces soirées, après mes journées de travail, me laissent exténuée et déprimée.

Nue sous un manteau à l'exception d'une paire de bas résille et d'un impressionnant collier SM de cuir noir clouté, campée sur mes hauts bottillons noirs au style improbable, je traverse aux côtés d'un Lionel tout de cuir vêtu la rue la plus commerçante de cette grande ville du Sud. Francis Murier, caméra au poing, nous précède. Soudain, mon manteau s'ouvre, discrètement, tout d'abord… Bientôt, il glisse sur mes épaules et je continue mon périple, à demi-nue sous le regard des badauds stupéfaits. Il s'agit de la scène d'ouverture de *Piercing et fist* ! Comme le dit si bien notre réalisateur : « C'est dans la boîte ! » Cette scène est mémorable ! Il fallait oser…

Pour la suite de la vidéo, Francis a transformé son salon en donjon sadomasochiste. Après moult sévices, dont le supplice de la cire de bougie, Lionel m'insensibilise les tétons à l'aide de glaçons avant de les percer dans les règles de l'art, afin d'y accrocher deux petits anneaux en acier chirurgical. La douleur est aiguë et je ressors meurtrie de cet éprouvant tournage.

À côté de ce film, le tournage des scènes de bondage me semble être un jeu d'enfant. Encore une fois, je me suis montrée à la hauteur. Tous me disent masochiste, leurs affirmations me laissent perplexe. Petit à petit, une mécanique destinée à me broyer se met en place. On me lave le cerveau afin que je finisse par me considérer comme une authentique masochiste.

Démonia achète les droits des deux vidéos. Quelque temps plus tard, je constate avec fierté que je suis en photo sur les jaquettes. Pour le film de piercings, le texte de présentation précise qu'il s'agit d'une vidéo rare où une jeune Française se fait percer les tétons en direct devant la caméra, sans trucage. Dans le même temps, D. Magazine, une revue éditée par Démonia, publie un reportage photo me concernant avec des images extraites de la vidéo de bondage.

À cette époque, je suis satisfaite de toute cette publicité, je n'en retiens pas le côté malsain. Je considère cela comme une reconnaissance de mon travail. Les gens que je côtoie, comme Francis et Vanessa, m'ont présenté le sadomasochisme comme un art majeur en matière d'érotisme. Le porno, c'est pour le peuple, alors que le SM est réservé à une élite. En outre, Lionel m'encourage dans cette voie.

Hervé, mon soumis, m'informe du décès du Pépé qui était malade. Il avait fabriqué des fouets, cravaches, mains du Diable, ainsi que tout un tas de petits objets fort utiles. Hervé n'a pas la place de garder tout cet équipement chez lui. Il me propose donc le matériel. C'est ainsi que je présente mon soumis à Lionel alors que nous allons récupérer les affaires. Les deux hommes sympathisent. Toutes ces choses sont entreposées chez nous dans un vaste placard sous clef, pour protéger Lucas.

Le temps passe. Je retourne avec Vanessa au Mans et aussi au Castelet pour les strip-teases, puis nous voici de nouveau au Salon Érotica afin de vendre les droits des deux dernières vidéos. Nous y remportons un franc succès. Le salon achevé, Lionel décide de voler de ses propres ailes.

Je suis à mon bureau, passablement déprimée devant la somme de travail. Je n'ai plus une minute à moi. Quand je ne suis pas au Christina, dans le grenier de Thomas ou sur un tournage, je dois m'occuper de l'impressionnant courrier de mes admirateurs. Classer, trier, répondre aux demandes spécifiques, expédier les vidéos, photos, petites culottes, etc. Les billets pleuvent des enveloppes, eux sont pour Lionel. Mon Maître tient à ce que j'écrive un petit mot de remerciement personnalisé pour chaque commande. J'attrape les cassettes dans le stock, je les glisse dans des enveloppes à bulles avec le mot et une photo sexy en cadeau. La machine est bien rodée.

Les demandes sont parfois hallucinantes. Par exemple, un cinglé voudrait manger mon caviar, comprenez mes excréments. J'ai une pile pour les demandes spéciales en attendant l'avis de Lionel. Combien pour cette demande ? De telles perversions m'écœurent et me démoralisent. Un autre veut une vidéo où l'on me voit uriner en gros plan. Un bon paquet de pervers s'est donné rendez-vous dans mon salon, aujourd'hui. Pour la énième fois, on me commande *Les salopes*. Il marche très bien, celui-là. Celui qui se vend le moins est finalement *La pêche au vice*. Je suis fatiguée, ma vue se brouille, j'ai mal à la tête.

Je finirai demain, car il est l'heure de préparer le souper. Ma maison est sens dessus dessous, des poils de chien parsèment le sol, la poussière s'accumule sur les meubles. Les lessives en retard débordent du panier. Je suis littéralement dépassée, au bout du rouleau. Maître Lionel me punit régulièrement pour le manque de tenue de mon intérieur, mais je n'arrive pas à rattraper le retard accumulé, malgré les coups de cravache qui pleuvent sur mon pauvre corps.

— Maman ? Dis, c'est quoi, maman, un film de cucul ?

— Pardon, Lucas ?

— C'est quoi, maman, un film de cucul ? J'ai entendu papa qui disait à Oui-Oui que toi, tu faisais des films de cucul.

— Euh, c'est rien, Lucas, tu as dû mal comprendre. Il ne faut pas répéter ces choses-là, tu sais.

— Pourquoi, c'est mal de faire des films de cucul ?

— Euh, Lucas, tu as compris de travers, enfin !

Je suis hors de moi. J'ai toujours pris soin de préserver Lucas et voici que Lionel nous trahit. Quelle inconséquence ! Je suis très en colère.

— Il faut qu'on parle ! C'est sérieux !

— Eh bien, quel ton ! Tu oublies qui commande !

— C'est grave, ça concerne Lucas. Il t'a entendu dire à Oui-Oui que je faisais des films de cucul !

— Ah bon ? Tu en es sûre ? C'est lui qui te l'a dit ?

— Formelle et oui, il semblait très perturbé.

— Ah, merde, j'ai pas fait gaffe, je parlais avec mes potes. J'ai pas fait attention qu'il entendait…

— Parce que tous tes potes sont au courant ? Tu t'en vantes, en plus ?

— Y a pas de honte ! C'est notre business, après tout ! Certains nous envient, même…

— On voit bien qu'ils ne sont pas à ma place. Tu te rends compte pour Lucas, quand même ? C'est grave !

— Oui, je serai discret, mais à son âge, il comprend pas trop…

— Détrompe-toi !

Lionel est furieux. Tout a commencé à propos du ménage, pas assez bien fait à son goût. J'ai seulement répliqué que j'avais passé l'aspirateur, mais que Caramel perdait les poils par poignées en ce moment. Le Maître n'a pas apprécié que je lui réponde, je sens que je vais passer un mauvais quart d'heure. Soudain, Coralie fait son entrée, à point nommé pour me sauver in extremis.

— Salut, la compagnie ! Cool ! Faut pas gueuler comme ça, tous les deux ! On vous entend depuis la rue ! Aujourd'hui, je vous offre les petits gâteaux, vous fournissez le café ! Tu viens, Cendrine, on va à la boulangerie ! Lionel, tu me la confies !

Sur le chemin, je suis encore toute tremblante.

— Eh, remets-toi, Cendrine ! Il va se calmer, ton homme. J'ai l'impression que je suis arrivée à temps. Tu sais, ça a beau être mon pote, je trouve qu'avec toi, il exagère, quand même.

— Merci, Coralie, encore merci. J'en ai marre… Je n'en peux plus… Si tu savais tout ce qu'il m'oblige à faire…

— Je ne dis rien, tu sais, mais j'observe, et je sais beaucoup de choses.

— Comme quoi ?

— Eh bien, Lionel, en quelque sorte, c'est ton mac ? Mais je vous juge pas, moi. C'est votre problème, ça. Et moi, je vous aime bien, tous les trois. Allez, ça va finir par s'arranger.

— Merci, t'es gentille.

— Tu sais, j'ai parlé d'un truc à Lionel, mais je t'en parle aussi à toi pour que tu saches. Voilà, mon usine à salade, en ce moment, c'est presque le chômage technique. Alors, heureusement que je fais la nounou avec Lucas. Mais un petit coup de pouce serait bienvenu. C'est pour ça que j'ai demandé du taf à Lionel dans vos productions. Tu vois, pour le maquillage et la coiffure, je suis douée pour ça. Lionel pense qu'avec mon physique, je pourrais faire un peu de figuration, aussi. C'est chouette, non ? Tu trouves que j'ai un physique ? Je vais peut-être faire un régime…

— Ne t'emballe pas, tu commences par de la figuration et tu ne sais pas où ça va te mener. C'est une saloperie, ce métier, je ne le conseillerai même pas à ma pire ennemie. Enfin, Coralie, tu es une fille bien ! T'as pensé à tes parents ? Je t'aurai prévenue, tu es mieux aux salades ; moi, si j'avais la santé, j'irais trier les salades…

— Toi, aux salades ? C'est pas un job pour toi ! Arrête !

— Parce que tu crois que pute, c'est un job agréable ?

Cela fait plusieurs jours que je me traîne lamentablement. Je n'ai plus de Prozac depuis un bon moment, car je ne vois plus mon client, le docteur. Je suis triste, abattue, amorphe, ce qui a le don d'exaspérer le Maître. Je pense souvent à Vincent avec regret. Je déteste ma vie. J'ai le sentiment d'être tombée au fond d'un précipice, sans espoir d'en sortir un jour. Je rumine de sombres pensées, des idées morbides. J'en suis arrivée à la conclusion que seule la mort pourrait me sortir de mon univers sordide. Je cherche comment mourir. C'est à présent mon obsession, ma priorité. Comment mettre un terme à ma sinistre existence ?

Je suis toute seule à la maison. C'est le jour J, le jour de ma mort. Je prends un sac à dos, j'y fourre une bouteille de vin blanc et plusieurs boîtes de médicaments. Ensuite, je prends le chemin des vignes. Je vais rejoindre l'endroit où j'ai fait l'amour avec Vincent pour la dernière fois. C'est là que je veux en finir. Ainsi, je partirai paisiblement, avec le souvenir du seul homme qui m'a aimée, Vincent. Si la vie me fut pénible, au moins, ma mort sera douce. Je n'aurai qu'à m'assoupir en rêvant à mon grand amour impossible. Je m'allonge dans l'herbe, sous les abricotiers, à l'abri des regards. L'endroit est désert. J'ouvre la bouteille et je commence à avaler les cachets tout en buvant le vin au goulot. J'ai toujours entendu dire que les médicaments ne faisaient pas bon ménage avec l'alcool. J'ai vidé toutes les boîtes et aussi la bouteille. Je ferme les yeux, j'attends que ça fasse effet. J'essaie de me souvenir de Vincent, son visage, le timbre de sa voix… Je me sens bizarre, j'ai la tête qui tourne, qui devient très lourde, et mes paupières pèsent autant que du plomb. Je m'endors. Les bras de Vincent sont accueillants, ses baisers sucrés comme le miel, ses mots doux comme le velours. Je suis si bien…

Il fait nuit depuis un bon moment déjà. Lionel, Juan et le Légionnaire, équipés de lampes torches, précédés de Caramel, écument les alentours à ma recherche. Mon prénom résonne à travers les vignes, mais je n'entends rien, je suis dans les bras de Vincent. Soudain, je perçois les aboiements de Caramel, tout près.

— Oh putain ! Venez vite ! Elle est là ! Merde ! Cendrine ! Mais pourquoi elle a fait ça ? Des cachetons ! Une bouteille ! Oh ! Putain ! Elle respire encore ! Vite les gars ! Faut pas traîner ! Faut la conduire à l'hosto ! hurle Juan paniqué.

— Elle a fait ça pour me faire chier ! Quelle emmerdeuse ! En plus, elle se rate ! J'te jure… se plaint Lionel.

— C'est grave là, Lionel, tu te rends pas bien compte ! Elle a voulu mourir ! Aide-moi plutôt à la porter jusqu'à la voiture. Elle est inconsciente, faut qu'on se magne !

— Eh ben si elle s'en tire, crois-moi que je vais lui faire passer l'envie de se suicider, moi ! s'énerve mon Maître.

— Faudrait peut-être lui filer des baffes pour la réveiller avant de partir pour l'hosto. Ce serait con qu'elle clamse en route ! hasarde le Légionnaire.

— Cendrine ! Réveille-toi ! Cendrine ! Tu m'entends ? C'est Juan ! Si tu m'entends, bouge la tête, dit-il en me tapotant les joues.

Dans mon rêve, Vincent a une drôle de voix, une voix grave. C'est bizarre, il a la voix de Juan et il me demande de remuer la tête. Il me semble entendre aussi la voix de Lionel et du Légionnaire. Qu'ils me fichent la paix, tous ! J'étais si bien dans mon rêve. Je voudrais y retourner. J'ai sommeil. Je veux me rendormir.

— Regardez ! Regardez ! Elle a bougé la tête ! On dirait qu'elle se réveille ! C'est bien, Cendrine ! Ouvre les yeux ! On file à l'hosto ! Non, ne te rendors pas, s'il te plaît !

Lionel file à toute allure en direction de l'hôpital pendant que Juan et le Légionnaire essaient de me maintenir dans un état de semi-conscience. Je me sens cotonneuse. Il me semble que Juan se préoccupe plus de mon sort que ne le fait mon compagnon.

À l'hôpital, il est trop tard pour me faire un lavage d'estomac. Les médicaments sont passés dans mon organisme. Heureusement, je n'ai rien pris qui soit mortel. Par contre, il paraît que je vais souffrir : maux de tête, de ventre, de reins… D'ailleurs, ça commence. Je risque d'être alitée plusieurs jours. Ce qui inquiète le plus le personnel hospitalier, c'est mon état mental. Demain, je serai examinée par une psychiatre. Il est d'usage de pratiquer un examen psychiatrique après toute tentative de suicide.

Je me sens complètement nulle. Je me suis ratée ! Même mourir, je n'en suis pas capable. Pourtant, j'avais tout planifié. J'ai un mal de chien. Survivre, ça fait tellement souffrir. Chienne de vie qui s'acharne et me désarme. Le Maître ne me pardonnera pas d'avoir tenté de lui échapper. Il me le fera chèrement payer. Il insiste pour m'accompagner dans le bureau de la psychiatre, à qui je ne peux donc pas confier les raisons qui m'ont conduite à une telle extrémité. Elle est pressée. Elle me fixe un rendez-vous en expliquant à Lionel qu'il faudra qu'elle me voie toute seule la prochaine fois. Il acquiesce et nous rentrons chez nous. Mon Maître jugera superflu ce fameux rendez-vous et ne m'y conduira pas. De retour à la maison, il ne montre aucune compassion envers moi, bien au contraire, il est plus dur que jamais et sa surveillance se resserre. Les moments de liberté où je peux souffler deviennent de plus en plus rares. Heureusement, Juan et Lola multiplient les invitations à dîner afin de me distraire de mon quotidien. Puisque j'ai raté ma mort, il me faut tant bien que mal continuer ma triste vie entre masochisme, prostitution et pornographie. Lionel s'est endetté pour acquérir une caméra digne de ce nom, un appareil photo professionnel et du matériel informatique dernier cri. Il est fier.

12

Cendrine-la-masochiste

« *Fais-moi mal Johnny, Johnny, Johnny !*
Envoie-moi au ciel… Zoum !
Fais-moi mal Johnny, Johnny, Johnny !
Moi j'aime l'amour qui fait boum ! »

THE BUNS, *Fais-moi mal Johnny !*

MON ANCIEN SOUMIS ME PROMÈNE EN LAISSE TELLE UNE CHIENNE DANS UN PARC. Alors que je suis uniquement vêtue de mes piercings lestés de poids, nous rencontrons trois inconnus. Mon Maître m'offre à ces acteurs. La scène d'ouverture de *La masochiste*, film produit et réalisé par Lionel LeRouge, est dans la boîte. Le reste du film est un huis clos pervers entre le Maître et sa soumise. Pour les besoins du tournage, nous avons transformé notre salon en donjon sadomasochiste à l'aide de tentures noires. Le matériel légué par le Pépé est disséminé un peu partout. Les scènes sont difficiles. Il s'agit d'un tournage très physique avec des performances extrêmes. On attend beaucoup de moi et je me montre à la hauteur, fidèle à ma réputation. Je connais les enjeux, je sais que je ne peux pas me permettre de décevoir Lionel. Nous devons présenter notre film au prochain salon Érotica de Barcelone et monter à Paris pour vendre les droits à la boutique Démonia. Ces gens-là sont habitués à négocier avec Francis Murier, nous nous devons de leur présenter un travail de qualité supérieure afin d'asseoir notre crédibilité dans le milieu.

Tout le monde me croit masochiste et je ne suis pas loin de donner raison à l'opinion publique. Quand vous intégrez une secte, vous subissez un lavage de cerveau. Il en va de même avec ce milieu. Je n'incarne pas La masochiste, un rôle de composition, je suis Cendrine-la-masochiste, c'est moi, c'est ma vie de chaque jour.

Thomas a effectué de nombreuses transformations destinées à disposer d'un lieu sadomasochiste adéquat avec croix de Saint-André, cheval d'arçon et chaînes de contention. Comble du confort, il vient de terminer salle de bains et toilettes. Il nous a trouvé un client fortuné, désirant assister à une authentique séance de dressage. Pendant près de deux heures, je subis stoïquement les sévices infligés par le sévère Lionel. Toujours soumise, je sirote à genoux un alcool fort, en écoutant les compliments de cet amateur averti. Il est satisfait d'avoir assisté à un spectacle puissant, d'une beauté dérangeante. Notre prestation l'a véritablement impressionné. Thomas lui ressert de la vodka. Mon Maître explique à cet homme que notre couple fonctionne ainsi au quotidien et surtout que je suis une authentique masochiste qui trouve son compte dans les souffrances infligées. Ma vie ne m'appartient déjà plus. Elle m'échappe, manipulée par un pervers qui se sert de moi comme d'un vulgaire objet.

Dans une petite brasserie parisienne à deux pas de la boutique Démonia, nous sommes interviewés par un journaliste de D. Magazine. Alors que je reste muette, moulée dans ma mini-jupe de latex rouge, conforme à mon image de parfaite esclave, Lionel s'exprime pour nous deux. Je prends la pose, le temps de quelques photos qui paraîtront en bonne place dans la revue. Ensuite, nous suivons le journaliste jusqu'à la fameuse boutique. En effet, nous avons rendez-vous avec le responsable commercial pour négocier les droits de *La masochiste*. Nous sommes invités à patienter en faisant un tour dans ce temple du sadomasochisme. Je suis fortement impressionnée par tout ce que je vois. Lionel m'entraîne au rayon des vidéos afin de constater ce qu'il supposait déjà :

— Regarde-les, tes films ! Ils sont tous là, au premier plan ! C'est toi la vedette ici ! me murmure-t-il.

Nous sommes enfin reçus. Comme d'habitude, je laisse Lionel s'exprimer, me contentant de répondre brièvement aux questions que l'on me pose. L'homme annonce que le film lui plaît et, s'adressant à moi, avec un grand sourire, que je suis particulièrement endurante et aussi très photogénique. Il nous montre aussi les photos qu'il a sélectionnées pour la jaquette et la promotion. Ensuite, il discute chiffres avec mon Maître et là, ils ne sont pas d'accord. L'homme dit que c'est la première fois qu'il travaille avec Lionel en tant que réalisateur et qu'il avait ses habitudes avec Francis Murier. Mon mentor riposte que Murier n'est rien sans moi et que ses meilleurs films sont les miens. Il menace à demi-mot son interlocuteur en ajoutant que Démonia n'est pas le seul distributeur sur le marché. Ce dernier argument achève de décider le responsable commercial. Après les Espagnols, nous avons convaincu les Parisiens. Ce soir, nous allons fêter notre succès avec des amis d'ici, qui se terminera avec une petite virée dans les quartiers chauds.

Suis-je masochiste ? La question me taraude. De l'opinion générale, c'est indéniable. En ce qui me concerne, qu'en est-il réellement ? Je reste dubitative.

Certains jours, je suis fière d'être qui je suis, fière de mes films et articles de presse. Mon Maître me dit que je suis très forte et qu'il m'admire pour cela. Alors, j'ai l'impression d'être quelqu'un et d'exister. Parfois, j'éprouve un sentiment contraire, un dégoût de moi-même, jusqu'à la nausée. Je me sens honteuse, dévalorisée et vide.

13

Le miraculé

« *Pauvre petite fille sans nourrice*
Arrachée du soleil,
Il pleut toujours sur ta valise.
Et t'as mal aux oreilles.
Tu zones toujours entre deux durs,
Entre deux S.O.S.
Tu veux jouer ton aventure,
Mais t'en crèves au réveil. »

HUBERT-FÉLIX THIÉFAINE, *Mathématiques souterraines*
1981, Masq.

LIONEL ME CROIT PARANOÏAQUE. En effet, le patron du Christina m'a interpellée alors que je m'apprêtais à quitter l'hôtel :

— Cendrine, vous avez deux minutes, s'il vous plaît ?

— Oui, bien sûr. Un problème ?

— Eh bien, oui, ça m'ennuie d'avoir à vous le dire, d'autant plus que je vous apprécie beaucoup et que tout a toujours été correct avec vous…

— Mais ?

— Je voulais vous mettre en garde. Faites attention à vous, Cendrine ! J'ai reçu des menaces à votre sujet.

— Des menaces ? De quel genre ?

— Je ne peux pas trop vous en dire. Je subis des pressions. Méfiez-vous ! Il se peut que certains essaient de vous mettre le grappin dessus. Vous devriez peut-être prendre des vacances pendant quelque temps.

— Merci de m'avoir prévenue.

Après m'avoir écoutée, Lionel trouve une solution :

— Remarque, si ça peut te tranquilliser, j'ai eu une idée qui t'éviterait d'aller bosser au Christina.

— Quel genre d'idée ?

— Et si on aménageait le garage en Donjon SM, un peu comme le grenier de Thomas ? Tu recevrais tes clients ici. Tu as la salle de bains juste à côté. Et puis, on l'utiliserait pour les tournages et tout le reste.

— C'est gênant au niveau de la vie de famille. Ici, c'est notre foyer. Je ne veux pas tout mélanger.

— Faut savoir ce que tu veux. Moi, je propose la solution à ton problème, point barre.

— Mais ça n'est pas très discret dans un si petit village. Il y aura des allées et venues.

— Les gens, je les emmerde ! Je suis chez moi, je fais ce que je veux.

— Et Lucas ?

— Tu bosseras quand il sera à l'école. Sinon, Coralie peut le garder. Ce n'est pas un problème, le garage ferme à clef. Je lui en interdirai formellement l'accès.

Lionel envisage de plus en plus sérieusement la transformation de son garage, malgré mes réticences. En ce moment, il fréquente un type louche qui squatte un taudis, juste à côté d'une vieille casse automobile. C'est très pratique pour lui, amateur de voitures, il peut y récupérer des pièces. Paulo, c'est son nom, lui vend, à crédit, une vieille caravane qui finira ses jours dans notre jardin. Lionel entreprend donc de vider le garage en rangeant tout dans la fameuse caravane.

Un matin ordinaire, Lucas est à l'école, Lionel joue à la console Nintendo. Soudain, sous mes yeux, il est victime d'un malaise très impressionnant. Je garde mon sang-froid et téléphone à notre médecin de famille. Sa femme me répond qu'il effectue ses visites, qu'elle va tenter de le joindre immédiatement. Face à l'urgence, j'appelle les pompiers. Ensuite, tout s'enchaîne très vite. Les pompiers arrivent, ils installent Lionel sur une civière. Ils s'apprêtent à le transporter dans leur véhicule lorsque le docteur arrive. Après un rapide examen, il pense qu'il s'agit d'un AVC. C'est à cet instant que Lucas rentre de l'école. Le pauvre chou voit son père partir avec les pompiers. Notre médecin le rassure :

— Ça va aller, mon petit. Ne t'inquiète pas. Ton papa est entre de bonnes mains. Ta maman lui a sauvé la vie.

Restée seule avec Lucas, je prépare son repas en essayant de me montrer rassurante. Lorsqu'il part pour l'école, je téléphone à Coralie pour qu'elle me conduise à l'hôpital.

J'ai sauvé la vie de Lionel. J'aurais pu le laisser agoniser là, sur son canapé, mais je ne l'ai pas fait. Je ne me suis posé aucune question, agissant instinctivement pour sauver mon compagnon.

Je suis toujours inquiète, son état est grave. Je fume cigarette sur cigarette en attendant ma copine. J'ai annulé mes rendez-vous. J'aime Lionel, malgré tout le mal qu'il me fait. Je suis une idiote, une championne, même. Il me traite comme la dernière des dernières, mais je l'aime, c'est plus fort que moi, et surtout, c'est le père de mon fils.

Elle arrive enfin. Je lui offre un café tout en lui expliquant la situation. Nous partons pour l'hôpital. Le malade n'est pas en état de recevoir des visites et les médecins restent évasifs. Nous n'en apprenons guère plus. Au retour, Coralie me dit que si j'ai besoin de quoi que ce soit, elle est là. Je me sens complètement perdue. J'ai tellement l'habitude d'obéir que l'absence du Maître me laisse démunie. Je pourrais continuer à aller au Christina. Cependant, j'annule tous mes rendez-vous. Il n'y a plus personne pour m'y obliger. Je n'ai pas l'énergie ni le courage nécessaires avec l'angoisse de savoir Lionel entre la vie et la mort.

Je suis fauchée. Qu'importe ! Pour l'instant, j'ai de la viande au congélateur, des pâtes, des patates, des cartouches de cigarettes… Les amis appellent pour les nouvelles. Je ne sais quoi leur dire. Il faut patienter. J'ai prévenu mes parents de la situation. J'espère fébrilement des nouvelles du centre hospitalier.

Il y a du nouveau. Je vais à l'hôpital avec Coralie et nous pouvons enfin voir le malade. Il est conscient, nous parle, me demande de bien embrasser Lucas pour lui. Cet après-midi, il va subir une ponction lombaire. Il paraît que c'est douloureux. Le soir, Paulo me téléphone pour me réclamer la mensualité de sa caravane. Je lui explique que Lionel est à l'hôpital dans un état grave et que je n'ai pas d'argent. Malgré ses vœux de rétablissement, je ne le sens pas, ce type. Peut-être devrais-je donner rendez-vous à un client ou deux pour régler cette dette ? On verra bien. Je suis si fatiguée.

Le lendemain, nous sommes à l'hôpital. Il s'agit bien d'une rupture d'anévrisme. Lionel va être transféré dans un centre hospitalier à des centaines de kilomètres, pour une chirurgie. Le transfert se fera en hélicoptère l'après-midi même. Cette délicate opération a un bon pourcentage de réussite. Cependant, elle est risquée. Lionel a un épouvantable mal de tête, malgré les calmants. Une fois transféré, ils le plongeront dans un coma artificiel en attendant de l'opérer, pour éviter qu'il souffre. Nous lui faisons nos adieux et je regarde l'hélicoptère s'éloigner en pleurant.

Ce soir-là, Juan et le Légionnaire passent pour me remonter le moral. Tout en discutant, je raconte l'histoire de la caravane de Paulo. En me passant le joint, Juan me prévient :

— Méfie-toi de ce type, Cendrine ! Il est pas net ! Vaudrait mieux pas trop tarder à lui payer sa caravane. C'est le genre à venir te mettre le feu à la baraque quand tu dors…

— Quoi ? Mais je n'ai plus une thune, moi ! Tu me fais flipper, Juan !

— Si tu veux aller bosser, je peux te servir de chauffeur, intervient Coralie.

— Eh bien, là aussi, c'est risqué en ce moment. Et puis, je ne peux pas… Non, je ne peux pas… J'ai trop les nerfs.

— Je vais lui parler, à Paulo, qu'il te foute la paix. T'inquiète, Cendrine.

— Merci, Juan, on peut compter sur toi. Merci.

Cette nuit-là, je dors très mal. Je fais un cauchemar. La maison est en feu. Paulo est venu asperger les murs avec de l'essence. J'essaie désespérément d'extraire Lucas des flammes qui ont envahi sa chambre. Je me réveille en sueur. Je ne me sens plus en sécurité ici. Je passe une bonne partie de la nuit à réfléchir. J'en arrive à la conclusion que la meilleure solution serait que je retourne quelque temps dans ma famille avec Lucas. Lionel est loin, je ne peux pas lui rendre visite.

Lucas est parti à l'école. J'appelle mes parents. Je suis très confuse. Mon père ne peut pas venir me chercher toute affaire cessante. Je pleure, j'implore, je bafouille. Je parle à mots couverts de la caravane, puis du donjon. Mon père comprend qu'il se passe quelque chose de louche. Il va me rappeler, le temps de s'organiser. Lorsque mon père rappelle, il est affolé, ma mère lui a mis la pression. Il prend la route d'un instant à l'autre, attendant juste mon beau-frère qui va l'accompagner, car c'est un long voyage. Je me sens tellement soulagée. J'appelle Coralie, il va falloir qu'elle s'occupe des animaux en notre absence. J'attrape un grand sac de voyage et j'entreprends de chercher de véritables vêtements, mes vieux jeans cachés au fond d'une armoire.

Coralie pense que je fais une bêtise en partant. Selon elle, c'est un peu comme si j'abandonnais Lionel, et puis Lucas va manquer l'école. Elle essaie de me faire changer d'avis, mais, de toute façon, il est trop tard, mon père est en route et il n'a pas de téléphone portable. Elle me promet de venir tous les jours et m'aide à préparer les bagages.

Quand Lucas rentre, je lui explique que nous partons en vacances chez ses grands-parents. Il semble inquiet, car il ne veut pas manquer la classe. Je promets de l'envoyer à celle de mon village. Il ne veut pas laisser Caramel et Punkette, même si Coralie a juré de bien les soigner. Je prépare un mot pour son institutrice. Mon père arrivera en début de soirée.

Tout en préparant notre départ, je me dis qu'il est temps de penser à moi. J'ai sauvé Lionel, il est entre les meilleures mains possible, mais moi aussi, j'ai besoin de soins. Ce matin, avant l'arrivée de Coralie, j'ai trouvé la pince pour retirer les piercings. Ce fut un grand soulagement de les enlever et d'enfiler un jean ensuite. Je pus admirer une fille presque normale dans le reflet du miroir. Bien que j'aie dit que nous reviendrions, je n'en suis plus certaine… J'ai tellement souffert ici.

Mon père et mon beau-frère arrivent le soir, je leur prépare un en-cas. Lucas parlemente avec son grand-père à propos de son cochon d'Inde, en vain. Mes parents ont un chat qui risquerait de s'intéresser d'un peu trop près au rongeur. Je confie les clefs de la maison à Coralie ; après une dernière caresse à notre chien, nous montons en voiture. Durant presque toute la route, je fais semblant de dormir pour éviter d'avoir à répondre à des questions trop embarrassantes.

Nous sommes arrivés ! Ma mère m'étreint et se lamente aussitôt que je suis trop maigre. Inquiète, elle voudrait me parler, mais, prétextant la fatigue, je file dans ma chambre.

Je ne dors pas, je réfléchis. Il va bien falloir que je leur dise une partie de la vérité. En plus, je ne sais pas mentir, mais j'ai tellement honte… J'ai peur d'être jugée. Je ne veux ni les choquer ni les peiner. Il va falloir agir avec diplomatie.

Je pense à Lionel également. Je souhaite qu'il s'en sorte, que l'opération réussisse, qu'il n'ait pas de séquelles, mais je n'ai pas envie de retourner vivre là-bas. Je préférerais rester ici avec mon petit. Cependant, mes parents sont âgés, ils m'ont eue sur le tard, ont élevé mon neveu abandonné par son père, ils ont accompagné l'enfant et sa maman psychologiquement perturbée durant une grande partie de leur vie. Auront-ils la patience de s'occuper de nous deux ? Je me sens si lasse, si fragile, si perdue. J'ai envie de déposer mon destin entre les mains de ma famille.

Il a bien fallu que je parle, dans une incohérence inquiétante. Je n'ai dévoilé qu'une petite part de l'horrible vérité et pourtant, mes parents sont atterrés. Mon état mental les préoccupe, on va me prendre un rendez-vous avec le psychiatre de maman. C'est un médecin réputé, je ne le verrai que dans un mois.

Tout le monde se fait du souci pour Lionel. Ma mère, en bonne chrétienne, va même jusqu'à dire des prières pour sa guérison. Lucas, qui n'est pas baptisé, l'imite et prie pour son papa. Mon père répète que malgré ses torts, Lionel traverse une terrible épreuve et que nous nous devons de le soutenir. Nous appelons l'hôpital chaque jour. Pour l'instant, il est maintenu dans un coma artificiel, dans l'attente de l'opération.

Lucas reprend sa scolarité, mais se montre plus turbulent qu'à l'accoutumée. Mon fils, d'un naturel calme et posé, apparaît ingérable dans ce nouveau contexte, refusant de marcher sur le trajet de l'école, n'obéissant pas… Un soir, en l'aidant à faire ses devoirs, je trouve un mot qu'il a écrit sur son cahier de brouillon : « Je suis triste parce que mon papa est très malade et que ma maman elle aime plus mon papa. » Je suis alors envahie d'une tristesse incommensurable. Je sens ma détermination à rester ici faiblir. Lucas a commencé à nous en faire voir de toutes les couleurs. Je ne reconnais plus mon gentil petit garçon, je suis en train de le perturber. Je l'ai coupé brusquement de son environnement familier, j'ai le sentiment d'être une mauvaise mère.

L'opération de Lionel est une réussite. En passant par l'artère fémorale, à l'aide d'une microcaméra, les chirurgiens ont colmaté l'anévrisme avec des billes d'acier. Il n'a aucune séquelle. L'équipe médicale l'a surnommé « le miraculé ». Il sort de l'hôpital dans quelques jours. Il n'est pas en état de conduire, mais Coralie lui servira de chauffeur pour venir jusqu'ici. Il est impatient de revoir Lucas et compte bien nous récupérer. Même si je suis soulagée de savoir Lionel hors de danger, j'appréhende de le revoir. C'est un grand manipulateur.

Lionel et Coralie sont là. C'est un choc de le revoir. Il a tellement maigri ! Il n'est plus que l'ombre de lui-même ! Son traitement est lourd : des médicaments antirejet à prendre toutes les quatre heures, même de nuit. Il nous explique que pour l'instant, il a perdu l'odorat et le goût, mais que cela reviendra progressivement ; il va devoir porter des lunettes. Lucas est heureux de revoir son papa.

— Quand est-ce que l'on rentre à la maison, Papa ? J'aime pas ma nouvelle école et mes copains me manquent. Je veux revoir Caramel et Punkette.

— Bientôt, mon chéri, bientôt. C'est vrai ça, Cendrine, il va falloir rentrer chez nous. On ne peut pas laisser éternellement les animaux et tu vois bien que cette situation est pénible pour Lucas.

— Mais j'ai rendez-vous chez le psychiatre à la fin du mois !

— Des psys, il y en a chez nous. S'il n'y a que ça pour te faire plaisir, tu iras. Et moi aussi, j'ai rendez-vous avec un spécialiste dans quelques jours. Je peux pas m'éterniser ici, tu sais.

— Je ne veux plus vivre avec toi, Lionel.

— Mais moi, j'ai besoin de toi. Tu ne vas pas m'abandonner maintenant, au moment où j'ai le plus besoin de toi ! Tu ne vas pas faire éclater notre famille ! J'ai changé. Je suis un miraculé. Quand on a vu la mort de près, on devient philosophe. Tu m'as sauvé la vie. Je te dois une fière chandelle, je le sais.

— Mes parents savent certaines choses maintenant, Lionel ! Je leur ai dit. D'ailleurs, mon père va te parler, seul à seul.

— J'ai changé, Cendrine. Je ne suis plus le même homme. J'étais violent ; maintenant, tout sera différent, tu verras.

— J'aimerais tellement pouvoir te croire…

— La vie m'a donné une deuxième chance. J'ai compris la leçon. Toi qui es chrétienne, tu crois que Dieu m'aurait sauvé si j'avais été un salaud ? Non, je vais me racheter. On va changer de vie.

— Parles-en à mes parents ! Ils ne sont pas contents du tout.

— Je leur expliquerai et ils comprendront. J'ai vu la lumière blanche quand j'étais dans le coma. Je suis un miraculé ! Ce sont les médecins qui l'ont dit.

— Tu ne cesseras donc jamais de manipuler les gens, Lionel ? Tu n'as pas honte ?

— Mais je suis sincère, Cendrine ! Je ne plaisanterais pas avec ça, voyons !

Lionel s'est entretenu en aparté avec mon père… et a réussi à le convaincre ! Je reste sur mes positions et maintiens ma décision de vivre ici. Ma mère se dit prête à me prendre en charge, mais sans mon fils. Elle est beaucoup trop âgée pour s'occuper à nouveau d'un enfant. Sans Lucas, il m'est impossible de rester.

De retour chez nous, la vie s'organise autour de la rééducation de Lionel. Je tiens le rôle d'infirmière à domicile. Je l'assiste dans sa toilette. Je veille à ce qu'il prenne bien tous ses médicaments toutes les quatre heures.

Le plus contraignant, c'est de se réveiller la nuit. Il a fait une demande auprès de la COTOREP afin d'obtenir une pension d'invalidité. La voiture a été changée pour un véhicule avec direction assistée. Au fil du temps qui passe, il récupère de mieux en mieux. Je ne me préoccupe pas de ma propre santé en allant consulter un psychiatre, car j'ai bien trop à faire avec mon convalescent. Cependant, j'en aurais fortement besoin. Financièrement, c'est difficile. Nous avons plusieurs loyers en retard. Heureusement que nos propriétaires se montrent compréhensifs étant donné la situation. Je continue à envoyer vidéos et photos amateurs, mais je ne vais plus au Christina.

Lionel se porte désormais très bien. Il mérite son surnom. Il n'a conservé aucune séquelle de ce grave accident cérébral. Il est convoqué devant la commission de la COTOREP qui doit statuer sur son cas. Finalement, la commission décide de ne pas le pensionner, le reconnaissant même apte au travail. Il est profondément déçu. Je lui suggère de chercher un emploi. Il prétend être trop fatigué et insinue que nous devrions reprendre nos activités.

14

Le donjon

« *J'suis la môme kaléidoscope,*
Celle qui faisait son numéro
Tous les soirs devant le juke-box
Pour les beaux dollars des gogos.
J'avais tous les macs à mes pieds
Et tous les clients qui lorgnaient.
J'étais la reine du pavé
Et l'oseille ça dégringolait.
Mais l'ombre des plaisirs s'enfuit
Toujours plus loin vers l'inconnu.
On m'a reléguée dans la nuit
Au milieu des vieux tas d'invendus. »

HUBERT-FÉLIX THIÉFAINE, *La môme kaléidoscope*
1979, Masq.

LIONEL ENTREPREND LA TRANSFORMATION DE NOTRE GARAGE EN DONJON SADOMASOCHISTE. Tout un pan de mur est recouvert de papier peint imitation brique. Les autres cloisons sont recouvertes de feutrine noire. Coralie nous donne un canapé rouge ancien. Jacques, le cinéaste amateur, nous offre un vieux lit en fer forgé ainsi qu'un authentique prie-Dieu recouvert de velours rouge. Lionel achète une armoire d'occasion dans un vide-grenier et la tapisse de photos pornographiques de moi. Enfin, pour la pièce principale des lieux, à savoir la croix de Saint-André, Lionel fait appel à un soumis rencontré via Internet pour nous la fabriquer. Elle est fixée au mur tapissé de briquettes rouges.

Le donjon est prêt, mon Maître règle un dernier petit détail : il dissimule une caméra de surveillance pour assurer ma sécurité. Je sais que sous ce fallacieux prétexte se cache sa nature perverse. Il se plaît à observer mes ébats. Notre garage transformé en donjon digne du marquis de Sade est désormais cadenassé. Le secret doit rester bien gardé par rapport à Lucas. Désormais, je peux dire adieu au Christina. Me voici confinée des journées entières dans cette sinistre pièce, subissant les assauts plus ou moins brutaux de mes clients sous le regard concupiscent de mon Maître.

Lionel a repris des forces, il est redevenu violent et autoritaire. Par contre, je me dégrade à vue d'œil. Je ne mange pratiquement plus, je maigris beaucoup. Je perds mes cheveux par poignées, j'affiche un teint blafard d'anémiée. Je ne suis plus que l'ombre de moi-même. Auparavant, lorsque je travaillais au Christina, je ne dis pas que c'était plus facile, mais, au moins, j'arrivais à faire la part des choses, à cloisonner. D'un côté, il y avait le travail et de l'autre la maison. Maintenant, tout est mélangé, je le supporte très mal. Je déteste l'intrusion des clients dans mon foyer où j'élève mon fils.

Je repense souvent à mon amour impossible avec Vincent. Toute cette période me semble si lointaine. Je jouissais d'une certaine liberté à l'époque, même si elle était limitée. À présent, le Maître contrôle tout. Vincent, que devient-il ? Pense-t-il encore à moi de temps en temps ou m'a-t-il complètement oubliée ? Ma vie serait si différente si j'étais partie avec lui. Je suis emplie d'amers regrets.

Je suis attachée nue à cette maudite croix. Un godemichet fiché dans mon intimité est maintenu à l'aide de sangles pour achever de m'humilier. Un bâillon-boule m'empêche de hurler. Il fait nuit et je suis toute seule dans le donjon. Je suis punie. Je n'ai pas été à la hauteur. Le Maître a donc décidé de sortir s'amuser cette nuit en compagnie de Coralie, Belette et toute la bande des cibistes, en me laissant attachée jusqu'à son retour. Lucas dort chez un petit camarade. J'en ai pour des heures à attendre ainsi, sur cette croix. Des heures lentes et angoissantes. Cet après-midi, je n'ai pas montré suffisamment d'entrain et d'enthousiasme avec mes clients. Le Maître m'observait à l'aide de la caméra de surveillance. Il aurait pu me battre à coup de cravache, mais j'ai le cuir dur, à force. Il a préféré m'attacher pour une durée indéterminée. Je regrette de n'avoir pas été suffisamment professionnelle au travail, mais c'est de plus en plus difficile en ce moment. Je n'y arrive pas. Je n'y arrive plus. J'ai changé. Je suis lasse, je me sens telle une coquille vide. Les clients, je les subis en attendant que ça passe. Certains jours, j'arrive encore à donner le change, tandis que d'autres, j'ai même du mal à bouger ou à parler. C'est comme si l'on m'avait vidée de ma substance. Il m'arrive aussi de me ressaisir brusquement, sans raison apparente, de reprendre de ma superbe. En fait, je crois que je suis en train de devenir folle.

Je pense souvent à la mort. J'ai déjà tenté de me suicider en avalant des cachets et ça n'a pas marché. En ce moment, j'ai l'impression que je meurs à petit feu. Je me tue tout doucement. Je me tue ? On me tue ? J'ai cessé de m'alimenter correctement depuis longtemps. Le Maître qui m'a toujours imposé des régimes draconiens est satisfait de me voir manger aussi frugalement. La réalité, c'est que je sombre peu à peu dans l'anorexie. Il m'arrive encore d'être sujette à des crises de boulimie, parfois, mais c'est de plus en plus rare. Je suis passée de mince à famélique. De toute façon, comme le dit Lionel, « une bonne esclave se doit d'être maigre ». En conséquence, j'ai donc fréquemment des malaises à cause des baisses de tension, surtout le matin. J'aime me laisser mourir de faim, j'aime cette sensation de faiblesse. Je me dis qu'un jour, je disparaîtrai sans même m'en rendre compte. Je m'évanouirai pour ne plus jamais me réveiller. Je fais des expériences pour accélérer le processus. Des tas d'expériences dont mon corps devient le cobaye. Le Maître m'a offert tout un assortiment de colliers de chien en cuir. J'en ai de toutes les couleurs pour les assortir à mes tenues. Je m'entraîne donc à les porter en les serrant de plus en plus fort jusqu'à la suffocation. L'idéal serait de mourir étouffée ! À l'aide d'une lame de rasoir, je fais de minuscules entailles sur mes poignets et je regarde les fines gouttelettes de sang qui coulent. Un de ces jours, j'arriverai à me tuer. En attendant, je m'entraîne.

Lucas est content, car il va dormir chez son meilleur ami. Il a préparé ses affaires dans un petit sac à dos. Il nous embrasse et s'empresse de partir chez son camarade qui l'a aussi invité à souper. Je me dépêche en cuisine, car ce soir, le Maître attend un invité de marque. Je n'ai pas prévu d'entrée, car je sais que Pascal apportera un foie gras et une bonne bouteille. Il a du savoir-vivre et de l'éducation, Pascal. C'est un homme élégant, arborant des costumes bien coupés et une Rolex en or. Pascal fait de la politique et il travaille au Centre des Impôts. Il a une bonne situation et il gagne bien sa vie. C'est un libertin, marié à une femme trop sage qu'il trompe allègrement. Lionel ne demande jamais d'argent à Pascal, même si je dois me montrer très gentille avec lui et accéder à ses moindres désirs. Non, tout ce que le Maître souhaite, c'est jouir de la position sociale de son nouvel ami. Un ami qui travaille aux impôts, pour quelqu'un comme lui, qui triche depuis des années avec le Fisc, c'est du pain béni. Pascal connaît des juges et des tas de personnes influentes, que du beau monde. Ce monsieur aime venir s'encanailler chez nous. Nous l'avons connu grâce à une petite annonce coquine. Je déteste Pascal et les soirées en sa compagnie, mais je n'en laisse rien paraître. Le temps passe. Entre les clients, Pascal, Thomas et mon Maître, je sombre dans un état étrange. Je survis. Je suis plus chienne que femme. Du moins, c'est ce dont le Maître voudrait me persuader. Je ne marche plus, je rampe. Je n'avance plus, je me traîne. Je ne parle plus, je gémis. Je ne me rebelle plus, j'obéis. Je suis un fantôme, une morte en sursis. Le Maître a fait de moi sa serpillère.

Lionel pleure à chaudes larmes. J'ai la gorge nouée par le chagrin. Nous sommes chez le vétérinaire, il vient de piquer ce pauvre Caramel. Notre chien, trop vieux, paralysé du train arrière et incontinent, vient de rejoindre le paradis des bêtes. Lionel est inconsolable. Comment cet homme peut-il autant pleurer la mort de son animal et ne jamais s'apitoyer sur le sort de sa femme ? Mon Maître est un paradoxe vivant. J'ai moi aussi beaucoup de peine, car Caramel était un chien très affectueux, mais j'ai du mal à extérioriser mon chagrin. Je pense au petit, il va falloir lui annoncer la funeste nouvelle.

Nous avons un nouveau chien. C'est un rottweiler royal qui répond au nom de Sultan. C'est un jeune maître-chien qui l'a donné à Lionel. La première fois que j'ai voulu le nourrir, il a grogné et j'ai bien cru qu'il allait me mordre. J'ai donc retiré la gamelle en lui disant :

— Toi, mon gros, tu mangeras quand tu seras calmé !

Il a vite compris qui s'occupait de ses repas… À présent, le molosse et moi sommes camarades. Quand je peux m'asseoir deux minutes dans mon fauteuil pour souffler, il vient poser gentiment sa grosse tête sur ma cuisse pour que je le caresse. Le seul inconvénient, c'est qu'il bave abondamment. J'ai donc toujours un chiffon à portée de main.

Un jour, Sultan est sagement couché quand soudain une dispute éclate, violente, impitoyable. Le Maître hurle et sa main s'abat sur moi. D'un bond, Sultan lui saute dessus en le menaçant. Lionel riposte et assomme la pauvre bête qui reste inconsciente quelques minutes. Ce jour-là, j'ai compris que j'avais un allié.

Ce soir, le Maître est hors de lui. Il attrape le premier objet qui lui tombe sous la main. Il s'agit d'un ceinturon de cuir avec une grosse boucle métallique. Je ne m'affole pas. Ce ne sera pas la première ni la dernière fois que je recevrai des coups de ceinture. Sauf que cette fois-ci, il me fouette de toute sa force et le métal m'ouvre la tête. Je m'évanouis et me réveille dans la baignoire ensanglantée.

— Bébé, je suis désolée. Pardon. Mais, c'est de ta faute, aussi ! Pourquoi tu me pousses à bout, Bébé ?

— Je saigne, je saigne à la tête ! Tout ce sang ! Mon Dieu ! Conduis-moi vite à l'hôpital !

— Calme-toi, Cendrine ! Laisse-moi te rincer la tête avec la douche. C'est impressionnant, mais ce n'est pas bien méchant. Je vais te désinfecter et te faire un bandage.

— Mais enfin, t'es complètement fou ! T'es pas docteur que je sache ! J'ai très mal à la tête. Conduis-moi à l'hôpital !

— Je vais chercher du paracétamol…

— Tu sais où tu peux te le foutre ton paracétamol ? J'aurais dû te laisser crever quand t'as eu ta rupture d'anévrisme !

— Ne sois pas cruelle, Cendrine, et fais attention, tu vas réveiller Lucas à crier comme ça !

— L'hôpital ! Je veux aller à l'hôpital !

— Je peux pas t'y conduire, enfin, Bébé ! Ils vont poser des questions, t'imagines…

— Mais je m'en fous. J'ai sûrement un traumatisme crânien. Écoute, je dirai que je me suis cognée contre un meuble.

— Non, je vais te soigner ici. C'est pas trop grave, ça saigne beaucoup, c'est tout.

Le lendemain, je porte un foulard enturbanné autour de ma tête.

— Maman, pourquoi t'as mis ce drôle de chapeau ? Y a pas de soleil dans la maison.

— Laisse ta mère tranquille, Lucas ! Tu sais bien qu'elle est un peu folle !

— Maman, pourquoi t'es folle ?

Un jour, Lionel me tuera… Il faut que je le quitte et que je m'en aille loin. C'est bizarre, tout de même, comme je tiens finalement à la vie, pour une suicidaire. C'est d'avoir vu tout ce sang dans cette baignoire, d'avoir constaté le délit de non-assistance à personne en danger de Lionel. Ce fut comme un électrochoc. Je veux vivre désormais et pour cela, je dois m'enfuir le plus loin possible.

Je me souviens de Vincent. Je n'ai jamais pu l'oublier. J'ai toujours gardé sa carte de visite. Je compose l'indicatif de la région parisienne. Je suis surprise, c'est une voix féminine qui me répond :

— Vincent n'est pas là pour l'instant, qui le demande ?

— Et vous, vous êtes qui ?

— Sa femme, je suis sa femme.

— Pardon, excusez-moi pour le dérangement. Je suis juste une vieille amie de l'époque où il travaillait à Perpignan, balbutiais-je maladroitement.

— Vous êtes Cendrine, c'est ça ? Écoutez, il est marié, maintenant. Laissez-le tranquille, s'il vous plaît !

— Ne vous inquiétez pas, je ne vous importunerai plus. Au revoir, Madame.

Je suis sous le choc. Marié ! Vincent s'est marié ! Il m'a oubliée. Après toutes ces années, quoi de plus normal, après tout. Il n'allait pas regarder passer sa jeunesse en attendant un hypothétique signe de ma part. C'est moi-même qui lui avais dit de m'oublier… C'est la vie. Je n'avais qu'à saisir ma chance au bon moment. N'empêche que c'est difficile.

J'ai caché un sac de voyage avec le strict minimum dans l'entrée, sous la couverture dans la grosse corbeille en osier. Cette nuit, j'attendrai que Lionel dorme bien pour partir. Je ferai du stop jusque chez mes parents. Une fois là-bas, je verrai une assistante sociale qui m'aidera à récupérer Lucas. Voilà mon plan.

Tout a échoué. Il s'est réveillé et il était très en colère quand il a compris que je m'apprêtais à lui fausser compagnie. À présent, je ne peux plus m'enfuir. Je dors menottée au lit. Lionel a acheté une chaîne au bout de laquelle il a fixé une paire de menottes en acier. C'est très inconfortable et je dors mal. Le plus difficile, c'est de me retenir d'uriner. Le Maître refuse de se réveiller au milieu de la nuit pour me détacher. Il y a eu des accidents sévèrement réprimandés. J'ai trouvé une solution de fortune en cachant une petite bassine sous le lit. La chaîne est assez longue pour me permettre de l'attraper. Le lendemain matin, je n'ai qu'à la vider discrètement.

Le Maître m'a punie et j'entends à nouveau cette phrase : « Toi, dans cette maison, tu passes après le chien. » C'est la triste réalité. Cette nuit, je dors par terre, nue à même le carrelage gelé, toujours enchaînée au lit. C'est Sultan qui vient me réchauffer en se blottissant contre moi. Je pleure en silence dans son pelage.

Le Légionnaire et Juan sont auditionnés par Lionel pour une scène pornographique. Je tiens le rôle féminin. La prestation du Légionnaire est plutôt médiocre. C'est au tour de Juan. Il me plante son regard sombre tout au fond des yeux et je suis comme hypnotisée. Très concentré, on dirait qu'il a fait cela toute sa vie. Il me murmure quelque chose à l'oreille :

— Depuis le temps que j'avais envie de toi, Cendrine !

Ce n'est pas dans mes habitudes, mais je prends du plaisir à vivre cet instant avec Juan. J'en oublie presque Lionel derrière la caméra. J'ai enfin vu le tatouage secret de Juan ! Un peu plus tard, je fume un joint sur la terrasse avec lui. On parle peu. On s'observe. On se comprend. On se respecte. Un moment comme je les aime…

Comme si je n'avais pas assez à faire avec mon propre bourreau, j'en rencontre un autre, Maître Alexandre. C'est un homme autoritaire, sévère et pervers, grand amateur de vidéos Démonia. Il s'entend à merveille avec Lionel pour mieux m'humilier. Je tourne, pour son usage personnel, de petits films sadomasochistes autour de pratiques aussi dégradantes que l'urologie ou la scatologie.

Un tournage SM s'annonce à l'horizon. C'est un projet de grande envergure qui aura pour cadre notre donjon. Je n'en serai pas la vedette. Dans l'état lamentable où je me trouve, c'est beaucoup mieux. J'aurai le rôle de la potiche, celle qui apporte les accessoires. Je suis tombée plus bas, mais je n'en ai cure. C'est Coralie qui jouera la dominatrice, la soumise sera une petite blonde potelée avec une forte poitrine. Elle se prénomme Anaïs, c'est la petite amie de Sergio, un bellâtre qui a déjà participé à quelques vidéos.

Le jour J, Lucas est allé dormir chez un copain, comme d'habitude. Tout le monde est là et nous sommes nombreux : Pascal, Thomas, Maître Alexandre, Juan et le Légionnaire, ainsi qu'Antony, le maître-chien, sans oublier Coralie. Anaïs, les yeux bandés par un foulard noir, en mini-jupe et escarpins, fait une entrée remarquée au bras du beau Sergio. En ce qui me concerne, je suis un peu absente. Je me tracasse à propos d'une fourgonnette blanche qui stationne depuis quelques jours dans notre rue. Je trouve cela étrange, mais il paraît que je suis paranoïaque… C'est fou comme le sexe est fédérateur. Lionel a réussi la prouesse de réunir dans son donjon des gens venant de milieux sociaux fort différents. Tout un monde sépare un Pascal en costume de tweed et un Juan le gitan avec son tatouage, sans parler du Légionnaire ! Et dire que tout ce petit monde se mélange allègrement dans une orgie des plus sauvages…

Je me tiens un peu en retrait, sagement agenouillée, en bonne esclave. J'observe, inquiète, Juan se saisissant d'un godemichet surdimensionné. Anaïs est fermement maintenue en laisse par une Coralie plus autoritaire que jamais. À quatre pattes, la pauvre soumise gémit sous les assauts frénétiques de l'énorme engin. Je ne crois pas que ce soit de plaisir… J'ai envie de vomir. Hier, c'était moi, Anaïs, et je souffre pour elle. Il paraît qu'elle aime ça, cette petite, qu'elle est consentante, masochiste, comme ils disent. Ce discours, je le connais par cœur. Alors pitié ! Pas à moi !

Une fois tout le monde rhabillé, on trinque… mais à quoi, au juste ? Au vice ? Même le joint de Juan a un sale goût. Je surprends une conversation entre ce bellâtre de Sergio et une Coralie énamourée. Alors qu'il a lui-même livré sa petite amie en pâture à la meute, il se disait vaguement écœuré par l'attitude de la jeune femme. Je crois que je vais vomir ma vodka, finalement.

15

Garde à vue

« *Dans ma bulle,*
Le fond de teint sert à cacher les coquarts.
L'amour est arrivé trop tard.
Cendrillon fait le trottoir (…)
Des filles en manque de rêves, couchent pour qu'on les aime.
Des mecs en manque de respect, poussent pour qu'on les craigne.
Dans ma bulle,
Les filles adorent les mecs hardcores.
Certaines jouent les femmes fortes, car elles sortent avec un badboy, mais…
Dans ma bulle,
La réalité te rattrape.
6 heures du mat, les keufs frappent à ta porte et t'embarquent (…)
L'amour est en garde à vue.
Y'a plus de love dans les rues de ma bulle.
Nan, nan, sortez-moi de ma bulle.
Le manque d'amour me rend folle.
Nan, nan, sortez-moi de ma bulle,
Histoire d'y croire encore. »

DIAM'S, *Dans ma bulle*
2006, Capitol.

JE NE SUIS TOUJOURS PAS REMISE DE NOTRE PARTIE FINE. Juan me propose de venir fumer sur la terrasse. :

— Non merci, je dois préparer le café !

— Tu fais la gueule, Cendrine ? T'as pas décroché un mot de toute la soirée. Viens ! Je dois te parler d'un truc important. C'est sérieux !

— Quoi ?

— Avant, je voulais te dire que la nana à Sergio, personne ne l'avait forcée à participer, tu sais ?

— Vous y êtes allés un peu fort quand même, non ? Surtout toi, avec le gros gode ! C'était écœurant !

— Attends, elle aimait ça ! Elle était bonne ! On l'a pas violée ! Je la connais, cette meuf. Elle est serveuse dans un bar où je vais de temps en temps. C'est une drôle de chaudasse, tu sais !

— C'est dégueulasse comment tu parles des filles ! Et moi aussi, alors, tu m'as trouvée chaudasse quand tu m'as baisée ?

— Mais non, Cendrine ! Arrête ! Je parlerais jamais comme ça de toi ! J'ai trop de respect ! T'es la femme de mon pote ! J'aurais jamais pu te traiter comme cette nana, jamais.

— Ouais, c'est bon ! C'est quoi le truc important que tu voulais me dire ?

— T'as remarqué la fourgonnette blanche qui stationne dans votre rue depuis environ une semaine ?

— Oui, bien sûr. Je trouve ça bizarre et j'en ai même parlé à Lionel, qui m'a dite parano.

— C'est zarbi. Moi aussi je l'ai dit à Lionel, mais il ne m'a pas écouté. Méfiez-vous, tous les deux ! Je crois que c'est un sous-marin avec des flics qui vous surveillent. Vous brassez pas mal de thunes. Fais entendre raison à ton mec, Cendrine, et calmez-vous pendant quelque temps !

— Lionel ne m'écoute pas. Je n'ai aucune influence sur lui. En plus, il se croit protégé par son grand ami Pascal. Tu sais, le mec avec un costume trois-pièces et une montre en or.

— Ah oui ? Il fait quoi, ce guignol ?

— Il fait de la politique et bosse aux impôts. Il a le bras long, Lionel ne jure plus que par lui.

— Remarque, il est plutôt cool pour un gadjo !

— Si tu le dis ! Pour moi, c'est un connard, mais bon, ça reste entre nous.

— La fourgonnette, elle était là le soir de la partouze ! Ça craint !

— Ouais, ça craint, on est tous mouillés dans cette histoire ! Si ça se trouve, on se fait un film et c'est Lionel qui a raison.

Quelques jours plus tard, à six heures du matin, on tambourine à la porte : « Police ! Ouvrez ! » Nous nous réveillons d'un bond. J'enfile un T-shirt et je vais ouvrir avant qu'ils ne défoncent la porte. Les policiers se ruent à l'intérieur, armes au poing. Deux hommes s'emparent de Lionel, lui intiment l'ordre de s'habiller et le menottent en demandant :

— Montre-nous ton local, ton donjon, c'est bien comme ça que tu dis ?

C'est une femme qui s'occupe de moi pendant que j'enfile mes vêtements :

— Il y a un enfant dans cette maison ?

— Oui, Madame, notre fils Lucas. Il dort dans sa chambre juste à côté.

— Je vais m'occuper de lui.

— S'il vous plaît, Madame, ne lui faites pas peur !

— J'ai des enfants, moi aussi. Je dois l'interroger, car il vit dans une ambiance malsaine, d'après nos renseignements.

— Nous ne sommes pas des pédophiles, Madame. Lucas ne sait rien de nos activités. Il est tenu à l'écart. Il travaille très bien à l'école. C'est un élève très éveillé. Ne le traumatisez pas, je vous en supplie.

— Je ferai de mon mieux.

Dans le donjon :

— Mais c'est l'antre du marquis de Sade, ici !

— Vise un peu la taille de ce godemichet !

— J'en ai vu dans ma carrière, mais un truc pareil dans un petit village ! T'es gonflé, mon coco ! Bon, où sont les vidéos ?

— Quelles vidéos ? répond Lionel, incrédule.

— Te fous pas de ma gueule, en plus ! Je déteste qu'on me prenne pour un con ! On sait tout ! On a des dizaines de témoins ! rétorque celui qui semble être le chef.

— Dans le placard du couloir. Tout est sous clef à cause du gosse.

— Ah oui, parlons-en, de ton gosse ! T'as pas honte, gros pervers ?

— Qu'est-ce que vous insinuez ? Mon fils ne sait rien ! Il ne voit rien ! On le tient à l'écart de tout ça ! rétorque Lionel au policier.

— Ouais ! Ça reste à prouver tout ça !

Je vois bien que Lionel est sur le point de craquer. Il a les yeux qui brillent. Je le trouve pitoyable, le Maître. Moi, je reste digne, stoïque, mutique. Je m'y attendais. Ça devait bien finir par arriver.

Lucas est tout content de parler avec une vraie policière. Il n'a pas vraiment conscience de la situation et c'est tant mieux…

— C'est bien, tu as été un gentil garçon et tu as répondu à toutes mes questions. Alors, tu as bien compris : tout à l'heure, je vais te déposer à ton école. Tu reverras ton papa et ta maman ce soir, car mes collègues doivent leur poser des questions. C'est d'accord ?

— Oui, mais pourquoi mon papa, il a des menottes ? Il a fait quelque chose de mal, mon papa ?

— Ce n'est rien, mon petit. Ne t'inquiète pas, c'est la procédure.

Cette fois-ci, c'en est trop pour Lionel ! En entendant la question de Lucas, il éclate en sanglots :

— Mais sortez-moi ces menottes ! Je suis pas un criminel ! Je vous en prie ! implore-t-il en pleurant.

— Enfin, Monsieur, reprenez-vous ! Un peu de tenue devant votre fils, tout de même ! Il paraît que vous avez plus de cran quand vous frappez une femme sans défense !

Après tout, ces policiers vont peut-être nous aider, Lucas et moi ? Prudence, tout de même… Ils posent des scellés sur la porte du garage, non sans avoir mitraillé le donjon avec leur appareil photo, saisissent notre stock de vidéos ainsi que la tour de l'ordinateur, fouillent partout dans les armoires en exhibant mes tenues sexy telles des trophées :

— Ce sont tes tenues de travail ?

— Elle s'habille comme ça tous les jours, intervient Lionel.

— Toi, le maquereau, on ne t'a pas sonné ! On parle à ta femme !

— Je n'ai pas d'autres vêtements. À part quelques vieux jeans que je ne mets plus.

— Tu veux dire que tu portes ce genre de truc en allant chercher ton fils à l'école ?

— C'est surtout Lionel qui va à l'école, et si je dois y aller moi-même, je porte un manteau par-dessus, on ne les voit pas.

— Bon allez, l'heure tourne, on verra le reste au poste ! On vous embarque !

Auparavant, les policiers font un détour par la boulangerie pour acheter des viennoiseries qu'ils nous distribuent. C'est extrêmement gênant, car la boulangerie se trouve seulement à quelques mètres de l'école. C'est l'heure de pointe, les parents d'élèves nous dévisagent. Ma honte atteint son apogée quand je vois la policière accompagner Lucas jusque dans l'école.

Une fois au poste de police, on nous signifie que nous sommes désormais en garde à vue. Les policiers nous interrogent séparément. Celui qui me pose des questions se montre désagréable et hautain. Je m'attendais à être traitée en victime et surtout humainement, mais, là, c'est tout le contraire. Il m'accable, me traite telle une coupable. Il me tutoie et se comporte sans respect. Devant son attitude, je me ferme comme une huître.

— Tu vas parler, à la fin ? La seule chose que tu vas gagner, c'est qu'on va te retirer ton gosse !

— De quel droit vous me retireriez mon fils ? Et d'abord, pourquoi me tutoyez-vous ? Je vous vouvoie, j'attends que l'on me traite correctement !

— Ah ? Parce que tes clients, ils te traitent correctement, peut-être, et ils ont le droit de te tutoyer, eux ? Je ne vouvoie pas les filles comme toi ! Mes collègues sont en train de visionner tes vidéos ! Quand on voit les saloperies dont tu es capable, on n'a pas envie de te vouvoyer !

— …

Le dialogue de sourds continue. Finalement, il abandonne et me confie à un collègue qui tente la manière douce.

— Il paraît que tu es dépressive, tu as fait des TS ?

— Et alors, c'est interdit par la loi ?

— Écoute, Cendrine, sois gentille. Nous, tout ce qu'on veut, c'est que tu nous dises que c'est ton mec qui t'oblige à faire tout ça. On veut que tu nous racontes tout. On sait déjà beaucoup de choses. On a des témoins. Des clients à toi qui nous ont dit que tu étais maltraitée, enfermée, que tu te dégradais. On sait qu'il te bat. On veut juste que tu nous confirmes tout ça. On n'est pas contre toi, tu sais ?

— OK, mais moi, j'ai peur, j'ai la trouille, une trouille monstrueuse, même ! Vous pouvez comprendre que je crève de peur ! Vous voulez que je le charge, mais moi, qui me protégera ? Entre ma déposition et son procès, il se passera combien de temps ? Il aura le temps de me tuer 100 fois s'il sait que j'ai parlé !

— Oui, c'est vrai, il faudra attendre environ trois mois pour le procès.

— Écoutez, débrouillez-vous avec vos témoignages pour le faire plonger. Moi, je ne dirai rien contre lui, pour assurer ma sécurité.

— Mais ça ne suffira pas ! Tu dois le charger ! Tu dois tout nous dire ! Ta déposition sera capitale !

— Et elle signera mon arrêt de mort. Je tiens à voir grandir mon fils !

— Bon, je te laisse réfléchir. Je reviens tout à l'heure.

— C'est tout vu !

Restée seule, je rumine. Je m'attendais à ce que l'on me propose de rencontrer une assistante sociale, j'espérais être dirigée vers une association d'aide aux femmes battues, que l'on me parle de réinsertion, que l'on nous protège… Rien de tout cela ! On m'accuse ! On me traite comme une criminelle ! La police manque d'humanité. Tout ce qui les intéresse, c'est que je leur livre Lionel. Notre sort ne les préoccupe pas le moins du monde. Que Lionel se venge, qu'il puisse me tuer, ce n'est pas leur problème ! Dans ces conditions, je vais rester sur ma position. Je ne dirai rien du tout.

Puisqu'on ne m'aide pas, je ne vois pas pourquoi j'irais balancer.

Les policiers me proposent un sandwich, je leur réponds que je n'ai pas faim, ils n'insistent pas. Cet après-midi, ils nous transféreront dans un autre commissariat où nous sommes censés rencontrer le procureur. Je commence à trouver le temps long. Pendant le transfert, Lionel fait une tête d'enterrement. Il doit s'imaginer que je l'ai trahi. On ne peut pas communiquer entre nous. Une fois là-bas, on nous dit qu'un médecin va venir nous examiner, c'est la procédure. Je m'inquiète au sujet de Lucas, car il n'y aura personne à la maison après l'école. On nous prévient que le procureur viendra fort tard. Un policier ira récupérer notre fils. On nous informe également qu'une enquête sociale sera déclenchée pour déterminer si nous nous occupons correctement de notre fils.

— Maman ! Coucou, maman ! C'est super, un policier est venu me chercher à l'école ! Il est très gentil, il m'a promis de me faire visiter le chenil avec tous les chiens de la police. À tout à l'heure !

Lucas s'éloigne en donnant la main à ce jeune policier, tout joyeux d'aller voir les chiens. À son retour, le policier lui propose de s'installer au calme :

— Alors, tu as beaucoup de devoirs, mon garçon ? Tu es en quelle classe ?

— Juste des maths ! Je suis en CM1 !

— Oh ! Là ! Là ! C'est difficile, les mathématiques ! Je peux t'aider, si tu veux.

— Non merci, Monsieur. Les maths, c'est ma matière préférée. Je trouve que c'est facile et j'ai toujours de bonnes notes.

— Au travail alors ! Je jetterai un coup d'œil quand tu auras fini.

— Merci, Monsieur le policier.

Le policier vient me voir et me glisse à l'oreille :

— Vous n'avez pas honte avec un enfant si gentil, poli et travailleur de faire ce que vous faites ?

— Ça y est, j'ai tout fini ! Tu viens voir ? s'exclame Lucas.

— Déjà ? Tu t'es appliqué, j'espère ? C'est très bien ! Tu as tout juste ! Bravo ! Tu veux un sandwich, mon grand ?

— T'en as au saucisson ? J'aime bien les sandwiches au saucisson !

— Je vais passer commande. Madame, vous devriez manger quelque chose, vous aussi. Vous avez une préférence ?

— Au jambon, s'il vous plaît.

Le médecin vient nous examiner. Il nous décrète aptes à supporter la poursuite de cette garde à vue. Au bout d'un temps qui me semble interminable, le procureur est enfin là. Il examine le dossier, nous pose les questions d'usage et décide de la libération de Lionel jusqu'au procès. Nous sommes reconduits à notre domicile. Il est fort tard, nous sommes exténués.

16

Le procès

« *Dis-moi combien il faut que je te paie*
Pour m'inventer une nuit de soleil ?
Réponds-moi !
Les flics m'ont dit que tu n'as pas ton pareil.
C'est peut-être eux qu'il faudrait qu'on surveille
Quand on voit la pauvreté du soir,
Roman du désespoir
D'un peuple qui s'endort
Au fond des couloirs. »

DANIEL BALAVOINE, *Soulève-moi*
1982, Barclay.

DURANT LES JOURS SUIVANTS, LES ÉVÈNEMENTS SE PRÉCIPITENT. Les scellés sont retirés du donjon, nous recevons l'ordre de démonter les installations et de remettre le garage dans son état originel. On nous attribue un avocat commis d'office. Ironie du sort, il s'agit de l'un de mes anciens clients.

Une assistante sociale de l'Aide à l'Enfance prend rendez-vous pour observer Lucas dans son cadre de vie. Je nettoie la maison de fond en comble la veille. Elle s'installe dans sa chambre, porte close. Ensuite, elle revient vers nous et déclare qu'après l'examen de notre ordinateur, aucun fichier pédophile n'a été trouvé. Les policiers avaient des suspicions à ce sujet. D'après ce qu'elle constate ici et en parlant avec Lucas, c'est un enfant épanoui qui n'a pas de problème particulier. Elle a bien entendu enquêté à l'école. Par contre, elle tient à me mettre en garde :

— Madame, vous devez bien comprendre que pour l'équilibre de votre fils, vous ne devez pas être la « maman qui fait des choses dans la pièce d'à côté » ! J'espère m'être fait clairement comprendre.

— Oui, Madame, j'ai bien compris la leçon, dis-je, sidérée par son attitude.

L'affaire aurait été relatée dans le journal local ! Personne ne me l'a dit. Je n'ai pas lu l'article. J'ai simplement surpris une conversation entre Juan et Lionel : « Un homme vivant à… prostitue sa femme au domicile conjugal ! Le couple a un enfant scolarisé dans l'école du village… » Quelle honte ! Juan, le Légionnaire, Coralie et quelques autres ont été entendus par la police. D'après Juan, ils se sont montrés discrets. Tout ce tapage autour de cette affaire, c'est épuisant.

Trois mois après la garde à vue, le procès a lieu. Lionel est accusé de « proxénétisme sur la personne de Cendrine Bastiani ». Nous nous présentons au tribunal tôt le matin. Nous ne savons pas à quelle heure notre affaire sera jugée. Finalement, nous passons les derniers, en fin de journée. C'est très long.

Notre avocat joue sur la corde sensible en insistant sur la récente rupture d'anévrisme de Lionel qui, depuis cet accident, se sent inapte au travail et s'est vu refuser une pension pour invalidité. Le magistrat qui plaide à charge lui rétorque :

— Si tous les handicapés devaient prostituer leur femme, où irions-nous ?

Au terme de la plaidoirie, il nous faut encore attendre le verdict. Lionel est donc jugé coupable des faits qui lui sont reprochés et il écope de trois ans avec sursis, ce qui signifie qu'il n'ira pas en prison. Il a obligation de trouver un emploi honnête et déclaré dans les plus brefs délais. Il sera soumis à un suivi judiciaire. Il est soulagé. Inutile de préciser qu'il s'en tire à bon compte. Quelques heures plus tard, il fête cette bonne nouvelle en compagnie de Juan, du Légionnaire et de Coralie. Dans mon coin, silencieuse et pensive, je me fais la réflexion qu'il fanfaronnait beaucoup moins durant son interpellation. Ce jour-là, l'image de Maître Lionel en a pris un sacré coup !

17

Le balancier

« C'est la fête de trop !
Moi j'lai faite, défaite, et ça jusqu'au fiasco.
C'est la fête de trop !
Regarde je luis de paillettes et me réduis au KO »

EDDY DE PRETTO, *Fête de trop*
2017, Universal Music Publishing.

NOUS AVONS DÉSORMAIS TOUS LES DEUX UN TRAVAIL HONNÊTE. Employés par une société de distribution de prospectus, nous déposons donc les publicités dans les boîtes aux lettres. C'est beaucoup d'heures de travail pour un salaire dérisoire. Il faut aller chercher les différents paquets au dépôt, les charger dans la voiture, les décharger pour les encarter à la maison, les recharger dans le coffre avant de partir arpenter les rues pour les glisser dans les boîtes aux lettres. Je suis pâle et maigre, habituée aux coups et maltraitances, pas aux efforts physiques. Je dois assurer malgré l'épuisement, c'est « marche ou crève ! ».

Lionel échange sa belle Safrane intérieur cuir contre un vieux fourgon, plus approprié à notre nouvelle activité. Nous devons nous serrer la ceinture, mais nous pouvons compter sur les amis pour le ravitaillement. Coralie nous porte des salades de son usine. Officiellement, c'est pour le cochon d'Inde de Lucas… Je crois que je n'ai jamais mangé autant de salades de ma vie que durant cette période. Juan, qui travaille sur une plate-forme de primeurs, nous ramène d'autres légumes et aussi des fruits.

À Noël, comme nous n'avons pas les moyens de festoyer, c'est la femme du Légionnaire qui offre les courses. Tout le monde se retrouve chez nous pour un repas avec huîtres et foie gras. En cette période de fêtes, je souffre encore plus qu'à l'ordinaire de l'éloignement avec ma propre famille.

Pour autant, Lionel n'a pas complètement abandonné ses activités malhonnêtes. Il n'est pas rare que nous nous rendions le week-end dans le département voisin, chez Thomas. Et mon cauchemar recommence : prostitution, séances SM, partouzes… Tout est bon à prendre du moment que ça rapporte ! Comme dit Lionel : « Il faut bien améliorer l'ordinaire ! » Nous continuons aussi à recevoir Pascal et nous rencontrons Maître Alexandre dans sa résidence secondaire du bord de mer, c'est beaucoup plus discret que chez nous. Je n'en peux plus et constate que ni l'intervention des policiers ni le procès n'ont contribué à renverser mon triste sort. Bien au contraire, ma situation a empiré. Lionel n'est finalement contraint à aucun suivi judiciaire ; il se sent très fort de pouvoir continuer son business en toute impunité.

Je suis convoquée par une assistante sociale du collège. Eh oui ! Le temps passe et mon fils est en sixième à présent, il a douze ans. Elle me pose beaucoup de questions. Elle tourne autour du pot, redoutant que le père maltraite son fils. En effet, en classe, Lucas redoute les mauvaises notes de peur de mécontenter son père. Je lui dis qu'elle se trompe de victime. J'aurais peut-être dû me plaindre, expliquer clairement que c'était moi.

Ce week-end, nous prenons la route dans la voiture de Maître Alexandre avec un second couple maître-esclave pour nous rendre dans un club privé à des centaines de kilomètres. Nous sommes attendus pour assurer le spectacle. C'est bien payé et nous sommes hébergés sur place. Je suis épuisée après une semaine à distribuer des prospectus et j'aurais préféré, de loin, me reposer. Le trajet est long et je prévois de somnoler dans la voiture, mais Lionel m'ordonne de me caresser. L'autre fille s'appelle Lisa et son Maître Jean. Je me demande ce que je fais ici, en compagnie de ces gens. J'en ai assez. J'aurais voulu rester auprès de mon fils ce week-end. Lionel me dégoûte. Je déteste Maître Alexandre et ce couple d'inconnus ne m'inspire pas la moindre sympathie. Lisa joue les nymphomanes, cela m'agace. Je n'ai pas la moindre intention d'entrer en compétition avec elle. Nous arrivons finalement. On a mis à notre disposition de jolies chambres dans une petite auberge attenante au club. J'essaie de me détendre dans la baignoire. J'appréhende la prestation de ce soir. Mieux vaut ne pas trop y penser. J'ai hâte que ce soit terminé.

Dans le club, la première partie du spectacle est assurée par Jean et Lisa. Bientôt, ce sera à mon tour de monter sur scène. Nue et harnachée de cuir, tenue en laisse par Maître Lionel, je rampe à quatre pattes sous le regard de plusieurs dizaines de personnes et subis une séance de dressage. Pour la performance finale, je suis debout, immobile et stoïque. Le Maître accroche aux piercings de mes lèvres intimes d'énormes plombs d'horloge peints en noir ; ma peau s'étire sur plusieurs centimètres, la douleur est atroce. Il cravache mes fesses de façon à imprimer à mon corps un mouvement de balancier. Au bout de quelques minutes, il retire les plombs, c'est tout aussi douloureux.

Le spectacle est enfin terminé, mais la soirée ne fait que commencer. Il va falloir se mélanger, s'échanger… Je bois. C'est moins difficile après avoir bu.

Plus le temps passe et plus Lionel oublie ses démêlés avec la justice. Il s'est racheté un ordinateur et il est en train de créer un site Internet, pornographique, évidemment. Bien que je sois soumise à une interdiction formelle d'utiliser son matériel informatique, je tente de savoir, quand il tourne le dos, ce qu'il trafique. C'est ainsi que je tombe sur une petite annonce qui stipule : « Recherche maison isolée avec dépendance, disponible contre droit de cuissage sur ma femme. » La lecture de cette petite annonce me plonge dans un état de grande détresse. Ainsi, Lionel envisage de continuer à me martyriser. Je prends conscience du fait que je dois absolument le quitter. Il est temps de mettre un point final à une histoire qui n'a que trop duré !

« *Dix ans de chaînes sans voir le jour,*
c'était ma peine forçat de l'amour.
Et bonne chance, à celui qui veut ma place !
Dix ans de chaînes sans voir le jour,
c'était ma peine forçat de l'amour.
J'ai refusé, mourir d'amour enchaîné ! »

Johnny Halliday, *Gabrielle*
Philips, 1976.

Ma peine à moi dura quinze ans.

18

La fuite

« *Des bateaux j'en ai pris beaucoup,*
Mais le seul qui ait tenu le coup,
Qui n'ait jamais viré de bord,
Mais viré de bord,
Naviguait en père peinard
Sur la grand-mare des canards,
Et s'app'lait Les copains d'abord,
Les copains d'abord. »

GEORGES BRASSENS, *Les Copains d'abord*
1964, Philips.

JE NE M'EN SORTIRAI JAMAIS TOUTE SEULE. J'ai besoin d'aide. Besoin d'aide pour briser cet infernal cercle vicieux. Besoin d'aide pour voir enfin le bout du tunnel. J'ai trente-six ans, je suis détruite. On m'a obligée à faire tant de choses dont j'ai tellement honte. Je suis une victime qui culpabilise. Dévastée, tant sur le plan physique que psychologique, je suis au bout du rouleau. Plusieurs fois j'ai côtoyé la mort, pourtant, désormais, ce qui m'importe, c'est de sauver ma peau, ou tout au moins ce qu'il en reste.

J'ai eu le temps de réfléchir. Sous le coup de son injonction judiciaire, mon bourreau s'est vu contraint de trouver un emploi honnête. Il est souvent absent du domicile, ce qui me permet de respirer et de me retrouver un tant soit peu. Je me méfie, tout de même, car il me fait surveiller par certaines de ses relations.

Lucas a quatorze ans. Au collège, c'est un excellent élève très motivé. À la maison, c'est un adolescent agréable à vivre, serviable, un gentil garçon ! Il est très mûr pour son âge. Une enfance mal équilibrée entraîne un repli ou au contraire une volonté farouche de s'en sortir. Par bonheur, il a choisi cette option. Mon fils sait déjà ranger sa chambre, réparer son vélo, cuisiner, s'occuper du chien, bricoler… et remonter le moral de sa maman. Il se montre fort attaché à ses amis, sa ville, son collège et… son père. Je comprends que si je quitte le foyer en l'entraînant dans ma fuite, je rendrai Lucas très malheureux, plus malheureux que si je disparais de son quotidien.

Je nourris l'espoir secret de pouvoir retourner vivre dans les Landes, au calme, près de ma famille. Mes parents me manquent de plus en plus, je pense très souvent à eux. Seulement, j'ai tellement honte ! Et puis, j'ai appris qu'ils étaient malades tous les deux. Maman est désormais atteinte par la maladie de Parkinson ; quant à papa, il porte un stimulateur cardiaque. Je ne veux pas être une source d'ennuis supplémentaires. Pourtant, je voudrais tant les revoir avant qu'il ne soit trop tard… Je regrette amèrement de ne pas avoir pris au sérieux les avertissements de ma mère. Je décide donc de ne pas demander d'aide à ma famille. Mais vers qui me tourner, alors ? Je n'ai pas le moindre sou en poche, pas de moyen de locomotion, ma santé est déplorable… Et puis, dans un flashback, je repense à ce pacte avec les filles, mes trois amies d'enfance : nous serons toujours comme des sœurs, prêtes à nous aider mutuellement.

Aux dernières nouvelles, Valérie avait épousé un militaire de carrière et ils vivaient à l'étranger. J'ai certainement encore, cachées dans une boîte, d'anciennes lettres de Chantal, datant de ses années universitaires à Talence. En fouillant, je remets la main sur son numéro de portable. Est-il toujours d'actualité ? Que vais-je bien pouvoir lui dire ? Complètement désespérée, j'appelle et je tombe sur une Chantal fraîchement séparée, dépressive et malade, incapable de m'aider concrètement. Cependant, elle m'informe que Valérie, son mari et ses deux fils vivent à Sanguinet, dans les Landes, et que cette dernière ne me refusera pas son aide. Elle me transmet donc les coordonnées de notre amie, tout en me promettant de la prévenir. Reprendre contact avec mes amies après tant d'années me semble complètement surréaliste. Cependant, je commence à espérer et entrevoir enfin une échappatoire à mon enfer. Lorsque j'ai Valérie au bout du fil, elle est déjà au courant de la situation et me met tout de suite en confiance. Elle me parle comme si nous nous étions quittées la veille, me promet de venir me chercher à la gare et de m'héberger chez elle. Je lui confie mes craintes, ma peur de fuir, de franchir ce pas décisif et elle me donne l'impulsion nécessaire, le courage et l'audace de prendre enfin mon destin en main.

Je suis assise dans ce train en partance pour Bordeaux avec pour seul bagage un petit sac. Monter dans ce train n'a pas été simple. La SNCF a programmé une grève surprise le jour où je me suis décidée à fuir… Après être montée de bus en bus, je suis enfin dans mon T.G.V., celui qui va vers la liberté. Nous sommes début juin. L'air est doux, mais je frissonne, pâle fantôme vêtu d'un jean et d'un sweat-shirt trop larges, avec une tête de moineau affamé. J'ai mal d'avoir laissé mon fils. Il est tout pour moi.

À minuit, j'attends Valérie sur le quai de la gare. Je l'ai réveillée en pleine nuit, lui ai expliqué qu'à cause de la grève, mon train est arrivé très tard, que je ne suis pas à Facture comme prévu, mais à Bordeaux. La réaction de Valérie est formidable : elle part aussitôt pour aller récupérer sa vieille amie. Je me sens soudain exister plus fort, on m'aide en m'aimant en même temps !

Une petite auto bleue apparaît. J'aperçois une femme aux cheveux courts, l'allure sportive, l'air décidé. J'hésite une fraction de seconde avant de lui adresser un geste de la main. Dans la voiture, j'ai un peu de mal à me confier, submergée par la honte. Je ne sais pas trop quoi dire. Va-t-elle me juger ? Mon amie est telle que je l'ai toujours connue, volontaire, énergique et naturelle. Pour l'heure, elle se concentre sur l'itinéraire, il lui faut sortir de Bordeaux et trouver la rocade. Apparemment, ce n'est pas une mince affaire. Valérie me confie, soucieuse, que rouler dans cette ville, qui plus est de nuit, n'est pas dans ses habitudes. Finalement, elle retrouve son chemin. Le trajet est long. Peu à peu, je me dévoile… en pointillés. Mon amie m'écoute attentivement, sans porter aucun jugement. Son oreille se fait patiente lorsque, maladroite, je cherche mes mots. Bien sûr qu'elle comprend. Mais non, ce n'est pas ma faute. Il est clair pour elle qui me connaissait depuis toujours que je ne pouvais qu'avoir été manipulée, et ce dès le début. De toute façon, lui, elle ne l'a jamais aimé, elle avait tout de suite senti son emprise sur moi. Elle avait mesuré à quel point je lui étais déjà soumise à dix-sept ans. Elle s'était beaucoup inquiétée pour moi, me sachant influençable et sans défense.

Je tente de trouver le sommeil dans ce canapé inconnu, au milieu d'un joli salon d'inspiration africaine. Demain, je coucherai dans la chambre d'Hugo, le fils aîné. Dormir sur le clic-clac ne me dérange pourtant pas, mais Valérie a insisté, je vais avoir besoin de calme et de tranquillité. Le lendemain matin, mon amie tente de me faire avaler un petit-déjeuner qui me semble pantagruélique. Cela fait des mois que je me laisse mourir de faim, confortant mon anorexie avec du café, seulement lesté de yaourts.

— Tu dois reprendre du poil de la bête, Cendrine !

Sous la douche, je me frotte toujours aussi vigoureusement ; je me sens si sale. Je m'habille avec de beaux vêtements décents appartenant à ma bienfaitrice. Ils sont un peu larges pour moi et pourtant, elle est svelte avec un corps sculpté par le sport.

Nous devons aller voir l'assistante sociale. Avant de partir, Valérie me tend un tube de crème hydratante :

— Mets ça sur ta peau, Cendrine, tu verras comme c'est agréable. C'est naturel et ça embellit le teint !

— J'ai l'air d'une morte-vivante, je le sais.

— Oui, un peu, mais tu verras, je vais bien m'occuper de toi et tu remonteras vite la pente ! T'en fais pas !

— T'es sûre qu'elle va nous recevoir, l'assistante sociale ? On n'a pas pris rendez-vous.

— Ne t'inquiète pas. C'est une petite ville, je connais du monde ici, et puis il s'agit d'un cas d'urgence. Dépêchons-nous, je dois déposer Hugo et Yvan à l'école.

— Je suis prête. Merci pour tout ce que tu fais pour moi, Valérie.

— Ne me remercie pas ! C'est normal ! Tu ferais de même, c'est le pacte !

En effet, à mon grand étonnement, l'assistante sociale nous reçoit le matin même. Ce n'est guère évident d'expliquer ma situation à cette étrangère. Alors, Valérie me vient en aide en résumant ce que je lui ai confié. Par chance, cette travailleuse sociale officiait auparavant à Parentis, mon village natal. Mon nom lui est familier ; elle m'avoue avoir aidé ma sœur, souffrant, comme maman, de bipolarité. Cette brave femme me donne tout un tas de papiers : demande de logement social, de RMI et autres. Je me sens incapable de les remplir. En outre, tous les documents me concernant, avis d'imposition, etc. ne sont pas en ma possession, ils sont bien rangés avec le reste de mes affaires abandonnées. Mais ne perdons pas espoir, il paraît que dans les cas extrêmes – et j'en suis un – une attestation sur l'honneur fait l'affaire. Sur ses conseils, nous nous rendons au poste de la police municipale afin de déposer une main courante, au cas où mon ex-compagnon tenterait de venir me récupérer. Bien qu'il ignore où je me trouve, selon toute logique, il pensera en premier lieu à mes parents et me cherchera à Parentis.

Toutes ces démarches m'ont épuisée. Valérie s'arrête au bureau de tabac pour m'acheter des cigarettes avant de rentrer. Je me sens honteuse, je n'ai même pas l'argent nécessaire pour payer mon paquet.

À l'heure du repas, mon amie me présente son mari, Claude. J'ai alors une réaction nerveuse : je tremble comme une feuille, bafouille, panique, c'est plus fort que moi.

— T'en fais pas, Cendrine, Claude ne va pas te manger ! Tous les hommes ne sont pas des ordures, tu sais…

Déjeuner avec des gens normaux, calmes et posés est une situation nouvelle presque incongrue. Avaler tout un repas est une torture pour mon pauvre petit estomac. Cependant, je ne veux pas faire de peine à mon amie qui m'a vanté les bienfaits des légumes de son jardin, alors je me force. Bien vite, la conversation tourne autour de Lucas. J'explique à quel point je me sens coupable de l'avoir laissé, mais je n'avais pas le choix. Il me manque cruellement, c'est là mon pire tourment. Je me demande quelle a été sa réaction à mon départ. Je me sens tellement vide sans lui.

— De toute façon, à l'heure qu'il est, Lucas et son père doivent te croire à Parentis, dans ta famille. Ils ont certainement dû téléphoner chez ton papa, Cendrine, affirme Valérie.

— Mes parents doivent se faire du souci, les pauvres. Je dois les rassurer, dis-je avec inquiétude.

— Attends, j'ai un plan. Personne, pour l'instant, ne doit savoir que tu es chez moi, c'est trop risqué. Imagine que l'autre se pointe chez tes parents et essaie de leur tirer les vers du nez, me répond Valérie.

— Mais alors, comment faire pour rassurer mes parents et Lucas ?

— Voilà mon plan. Nous allons nous faire aider par Armelle, la sœur de Chantal. Je vais lui expliquer la situation. Elle téléphonera régulièrement à ton père pour lui donner des nouvelles. Elle sera chargée de dire que tu as été obligée de te réfugier dans un centre pour femmes en détresse, que tu vas bien, que tu es en de très bonnes mains, mais que tu n'es pas encore en état de leur parler.

— Oh ! Là ! Là ! Mais ça va les inquiéter, mes pauvres parents, toute cette mise en scène !

— On n'a pas le choix, Cendrine ! Crois-moi, c'est la meilleure solution. Ne t'inquiète pas, Armelle saura quoi dire pour rassurer tes parents et surtout, elle mettra ton père en garde contre l'autre. En plus, comme elle habite en Picardie, cela brouillera les pistes, impossible de te localiser avec l'indicatif téléphonique, tandis que si on appelle d'ici, il se doutera que tu es près. Ensuite, tes parents n'auront qu'à appeler Lucas pour lui dire que sa maman va bien et qu'elle lui fait de gros bisous, affirme-t-elle.

— D'accord, je te fais confiance. Je n'arrive pas à penser.

Après le repas, Valérie me conseille une sieste dans la chambre d'Hugo, où je me suis installée. Mon amie participe à des activités associatives cet après-midi. J'ai accumulé une telle fatigue nerveuse qu'en décompressant, j'ai besoin de beaucoup de sommeil.

Je fume une cigarette, assise sur ce banc, au bord du lac de Sanguinet. J'admire le paysage. Tout est si beau, calme et reposant, ici. Je me ressource, je retrouve mes racines. Je respire l'odeur si caractéristique du pin des Landes. Ce pays, je n'aurais jamais dû le quitter. Je sens que je vais ressusciter ici, au bord de l'eau, contre la forêt. Je vais réapprendre à vivre, gommer les ratures, effacer les injures. Ça prendra du temps, mais j'y arriverai. J'ai de la chance, je suis vivante. Je fais quelques pas dans le sable avant de récupérer le vélo adossé au banc. Il est 10 heures du matin, mon amie est à son cours de gym, je flâne en me ressourçant dans la nature.

En rentrant, je trouve Valérie occupée à ramasser des tomates dans le jardin.

— Je peux t'aider ?

— Avec plaisir ! Ça t'a fait du bien, cette balade à vélo ?

— Oui, ça m'a détendue, je suis allée au bord du lac, c'est magnifique ! Et toi, la gym ?

— Comme d'habitude. Rien de tel qu'un peu d'exercice pour bien commencer la journée. Ça me donne une patate !

— Je t'admire, Valérie, tu es si dynamique !

— Ton état est normal après tout ce que tu as subi, mais tu vas vite te requinquer.

Claude est en train d'équiper son 4x4, en vue de leurs prochaines vacances en Mauritanie. La famille aime partir vers des destinations lointaines. Pour eux, pas de prêt-à-voyager, pas d'hôtel de luxe ni de circuits balisés ! Ils préfèrent s'éloigner des sentiers battus, dormir sous une tente sur le toit de leur voiture, aller à la rencontre des gens. Le départ est prévu dans un mois. D'ici là, j'espère que j'aurai retrouvé la forme. Alors, je pourrai renouer le contact avec ma famille.

Par un beau dimanche ensoleillé de juin, j'aide Valérie à mettre le couvert dehors, au bord de la piscine. Elle a invité sa maman, Paula, sa tante et un cousin. Après le repas, Paula me fait la conversation, elle est heureuse de me revoir. Mère et fille estiment que je devrais me faire examiner par un médecin. Paula pense qu'un antidépresseur serait peut-être bénéfique après tout ce que j'ai traversé. Pour ma part, je pense que rien ne peut me faire du bien, hormis Lucas.

Il fait très chaud. Bientôt, tout le monde se retrouve dans la piscine. Tout le monde, sauf moi. Je prétexte que je n'ai pas de maillot. Valérie veut m'en prêter un. Je suis gênée. Je lui dis que je n'ai pas envie de me baigner.

— Mais enfin, Cendrine, qu'est-ce qu'il y a ? Tu es ridicule ! Mets un maillot et viens te baigner !

— Je ne peux pas !

— Tu es indisposée ?

— Non, ce n'est pas ça.

— Alors quoi ?

— Euh… J'ai des marques, sur le haut des cuisses et sur les reins.

— Des marques… Tu veux dire de coups ?

— Oui.

— Montre-moi !

Elle souleva sa robe pour lui montrer les marques.

— Comment il t'a fait ça ?

— Avec une cravache.

— Mon Dieu ! Tu vivais avec un grand malade ! Tu aurais dû le dire plus tôt, ce sont des preuves, ça ! Demain, je t'amène chez mon médecin pour faire constater ces sévices.

Chez le docteur, je suis gênée, une fois de plus. Comme je suis encore couverte par la sécurité sociale de mon ex, mon amie prend la consultation à sa charge, afin d'éviter qu'il retrouve ma trace. Cette fille est décidément mon ange gardien. Je ressors du cabinet avec un certificat médical témoignant de sévices et d'une dépression résiduelle, une ITT de 10 jours, une ordonnance pour un antidépresseur. Nous prenons le chemin de la pharmacie avant de rentrer.

Au fil des jours qui passent, mon teint se maquille des couleurs de l'espoir, mes os deviennent moins saillants et je ne flotte presque plus dans mes vêtements. C'est une première victoire sur mon état, un bon début.

Armelle est formidable. Elle appelle mon père quotidiennement pour le rassurer. Il se livre, lui dit à quel point il m'aime, combien il voudrait pouvoir m'aider à son tour, comme la vie est difficile avec ma mère malade. Il confie à Armelle sa volonté de m'accueillir. Ma chambre de jeune fille est restée la même, la maison est grande, j'y serai toujours chez moi. Mon cher papa a la plus belle des réactions.

L'assistante sociale pense que retourner dans ma famille peut constituer une solution provisoire, mais qu'il me faudra être prudente. Lionel aussi a sa famille à Parentis, il peut débarquer à tout moment. Pour me couvrir, je devrai faire certaines démarches, comme porter plainte, aller au Centre d'Information sur les Droits des Femmes à Mont-de-Marsan… Valérie, en amie fidèle et dévouée, s'applique à me remonter le moral, mais je me languis de Lucas. C'est d'autant plus difficile que je vois les fils de mon amie chaque jour. Demain, je retourne dans ma famille. Armelle l'a annoncé à mes parents qui sont enchantés. Je suis un peu désorientée, j'avais pris mes habitudes chez mon ange gardien. Je me sens à la fois triste de quitter mon amie et heureuse de revoir papa et maman. Pour la petite famille qui m'a si gentiment hébergée et soignée, le temps des vacances est arrivé. Désormais, une nouvelle vie m'attend.

19

Lionel, mon amour !

« *Quand il me prend dans ses bras*
Il me parle tout bas,
Je vois la vie en rose.

Il me dit des mots d'amour,
Des mots de tous les jours,
Et ça m'fait quelque chose.

Il est entré dans mon cœur
Une part de bonheur
Dont je connais la cause. »

ÉDITH PIAF, *La vie en rose*
1945, Productions Spéciales.

Avril 2012, je suis installée à mon bureau, très concentrée.

— Tu écris encore, mon amour.

Un baiser voyou s'attarde dans mon cou.

— Idiot, tu m'as fait peur !

— Je t'aime mon petit cœur, me susurre Lionel à l'oreille.

— Moi aussi je t'aime, mon chéri !

— Ça va ? C'est pas trop dur ?

— Non, au contraire ! Ça me fait beaucoup de bien d'écrire. Je deviens spectatrice de ma propre histoire, tu comprends ?

— Pas trop, non ! Mais si ça peut t'aider à évacuer tous tes vilains cauchemars…

Dix années ont passé depuis ma fuite. Dix années et je continue à me réveiller en pleurs au milieu de la nuit. Dix ans que j'ai quitté le père de Lucas, l'autre Lionel. J'ai changé de région, de vie, d'allure. Je me suis réinventée, sans pouvoir oublier. Alors, j'écris. C'est ma thérapie. Je vais mieux.

Et puis, il y a Lionel, le nouveau Lionel, celui que j'ai rencontré il y a trois ans. Il m'aide à oublier l'autre. J'ai connu deux hommes dans ma vie qui portaient le même prénom ! Avec le premier, j'ai vécu ce qu'il y avait de pire. Avec le second, je découvre l'amour, au jour le jour. Jamais je n'aurais cru possible d'aimer à nouveau, mais la vie est pleine de surprises. Il a fallu tellement de temps pour réapprendre à vivre et faire confiance. C'est parfois encore difficile, mais j'ai une épaule sur laquelle m'appuyer à présent.

La fierté de ma vie, c'est Lucas. Il est devenu un beau jeune homme brillant. Ses études supérieures ont été couronnées par une réussite professionnelle. Mon sacrifice n'aura pas été vain.

Quand je mesure le chemin parcouru, je pense finalement être devenue quelqu'un de bien.

Annexe administrative

Voici la copie de la décision de « Justice » concernant la plainte que j'avais déposée.

Sans commentaire…

TRIBUNAL DE GRANDE INSTANCE DE PERPIGNAN
Le 7 FÉVRIER 2005

Madame,

Vous avez déposé plainte le……….. 2003 pour Violences entre conjoints ou concubins contre Monsieur Lionel X

L'examen de cette affaire n'a pas permis de caractériser suffisamment l'infraction pour permettre d'engager la responsabilité pénale du ou des mis en cause. J'ai donc décidé de classer sans suite votre plainte.

Cette décision de classement sans suite ne sera reconsidérée que dans le cas où des éléments nouveaux seraient portés à ma connaissance.

Toutefois, il vous est possible de poursuivre vous-même la procédure en vous constituant partie civile devant la juridiction d'Instruction ou de jugement ou en engageant un procès civil après avoir sollicité, si votre situation financière le justifie, le bénéfice de l'Aide Juridictionnelle.

Avant d'engager une action en justice, vous avez intérêt à consulter un Avocat.

Veuillez agréer, Madame, l'assurance de mes sentiments distingués.

P/LE PROCUREUR DE LA RÉPUBLIQUE

Les poèmes-chansons de Cendrillon

Mon livre de contes

Dans mon livre de contes,
Les fées ont perdu leur baguette,
Cendrillon fait le trottoir en jupette,
Pinocchio a violé la Fée bleue,
Blanche-Neige maquille ses bleus,
Les sept nains sont chômeurs et alcooliques,
Merlin n'a plus ses pouvoirs magiques,
Les trois petits cochons tournent des films pornographiques,
Peau d'âne porte plainte pour attouchements,
Le petit Poucet est en maison de redressement,
La Belle au bois dormant a fait une overdose de tranquillisants.
Depuis qu'ils ont incendié la forêt enchantée,
Les fées en sont toutes désenchantées,
Le prince charmant a préféré prendre la tangente,
Le grand méchant loup est devenu proxénète
D'une tendre enfant, la fluette Poucette,
Alice se balade au pays des dealers.
Dans mon livre de contes,
Aux gosses, dis-leur,
Que les belles histoires, on les invente,
Pour émerveiller leurs songes,
Mais ce ne sont que mensonges.
Dans mon livre de contes,

Rien n'est magique,
La réalité est tragique.
Arrêtez de raconter aux p'tits bouts
Des histoires à dormir debout.
Apprenez-leur, plutôt, à se méfier de tout.
Dans mon livre de contes,
La magie, c'est vous qui l'avez tuée.

L'ange nu

J'ai grandi en lisant des contes de fées,
En jouant à la poupée,
Dans une maison en lisière de forêt.
Quand j'ai rencontré le grand méchant loup,
J'étais allée cueillir du houx,
Une écharpe rouge autour du cou.
Ingénue, j'ai cru au prince charmant ;
La Belle prenant la Bête pour amant.
L'ange tombé des nues fut esclave du méchant.
Si j'avais lu autre chose
Que la Bibliothèque Rose
J'aurais caché ma fleur fraîche éclose.
J'aurais su qu'il existe des Marquis de Sade,
Avides de flétrir la pureté du jade,
Qui pensent qu'aimer sans faire souffrir est fade.
Loin des bois dormants, ce mauvais génie
Me captiva ; l'ange nu fut banni,
Enjôlé loin du paradis.
Je devins la soubrette de ce démon,
Son ange déchu, sa Cendrillon,
Au fin fond d'un enfer sans nom.
Pour mon malheur, je découvris avec horreur,
Ce que les livres d'enfants cachent par pudeur.
Je sais incarnée en mes chairs LA douleur
Dans toute son atrocité et le dégoût
Jusqu'à la nausée des miasmes de l'égout ;
Ce désamour dans la violence des coups.
Je sais les outrages des mâles, du Mal
Profanant mon âme de fantôme pâle,

M’injuriant — « Catin, tu es sale ! »
Moi, je rêvais de princesses, d’enchanteresses.
Dans le feu éteint de mon regard, ma détresse
S’affiche telle leur bestialité qui me blesse.
Ils s’amusent de moi, comme d’une poupée,
Me dévêtissent pour me donner la fessée,
Me jettent après m’avoir désarticulée.
Ma peau est marquée tel un parchemin,
Par le fouet qu’ils tiennent à la main,
Sanglante peau de chagrin.
Mon cœur se glace lorsqu’ils m’enlacent.
De me voir suppliciée, jamais ils ne se lassent.
Je voudrais être la fée des glaces
Et transpercer leurs âmes d’un froid glacial
Alors qu’ils déchirent mes entrailles.
J’irais danser à leurs funérailles.
Petites filles à l’âme immaculée,
Ne croyez pas aux contes de fées.
Des beaux parleurs charmeurs, vous devez vous défier.

Ma délivrance

Mon passé me fait violence.
Mon passé, c'est la souffrance.
Mon présent passe par l'écriture.
Écrire est ma délivrance.
Par amour, j'ai accepté l'inacceptable.
Par amour, j'ai vécu l'invivable ;
Les insultes, les humiliations et les coups,
Un enfer épouvantable.
J'étais sensible, j'étais fragile ;
Lui me voulait soumise et docile.
J'étais instruite et cultivée ;
Lui me voulait stupide et facile.
Afin de mieux m'utiliser,
Un bel objet qu'il a usé…
Par quel miracle ai-je survécu ?
Pourtant, en moi, quelque chose s'est brisé.
J'avais perdu mon identité,
Un fantôme que la mort guettait.
Il enserrait mon âme dans ses poings.
Presque folle, à force d'être maltraitée.
Enfin j'ai pu lui échapper.
Comment guérir mon cœur écharpé ?
Immaculée, ma feuille blanche
Attendait que sur elle, je vienne m'épancher…
Les psychiatres m'ont donné des cachets.
Désormais, je ne devais plus me masquer.
Et, ils m'ont tendu cette feuille blanche
Afin que, sur elle, mes peines soient couchées…
Mettre des mots sur ma douleur,

Un baume, un pansement sur mon cœur.
Cette feuille, je la noircis sans cesse,
Quel que soit le lieu, quelle que soit l'heure.

Filles de la terre

Je suis fille des poètes maudits,
Enivrée des *Chants de Maldoror*
Si mes larmes ont goût de paradis,
Mon enfer, d'être en mal d'aurore.
Je suis fille des fées de légendes.
Je sais les prodiges, les sortilèges.
Ma magie, que Morgane l'entende !
De mes incantations, voici le florilège.
Je suis fille des orages et des tempêtes,
Portée par le vent et le nuage.
Magicienne, je sais les formules secrètes
Pour libérer du ciel foudre et rage.
Je suis fille des ténèbres, prisonnière,
Rongée par le mal qui m'avale.
Possédée par le démon, sorcière,
Je joue de mon charme fatal.
Je suis fille, mère des débuts de la terre ;
J'enfante dans la douleur, en enfer.
Ève, femme du monde originel.
Aux ordres de l'éternel, je suis rebelle.

Je suis fille de la vie et de l'amour.
Mes lèvres s'entrouvrent telle la rose,
Fleur éclose sous les rais de l'astre du jour ;
Un baiser de miel, je dépose.
Je suis fille des hommes et de Dieu,
Sainte-Marie, mère du Prophète.
Les larmes coulent de mes yeux ;
Ils crucifient mon fils et font la fête.

Je suis fille du peuple et du péché ;
Marie-Madeleine en pleurs.
Me jeter des pierres, Jésus les empêchait ;
Ceux qui me jugent sont de grands pécheurs.
Je suis fille de la colère et de la guerre,
Jeanne d'Arc, main vengeresse de la France.
Je n'aurais jamais le bonheur d'être mère,
Brûlée vive, à peine sortie de l'enfance !
Que tu sois ombre ou lumière,
Ange ou diablesse, princesse ou catin,
Fille d'Éros ou de Sapho, reste fière !
Nous sommes sœurs, même combat, même destin.
Je te dédie mes poésies, toi ma sœur
Que l'on oppresse dans ces pays où « Femme »
Rime avec persécutions et horreur,
Toi dont on mutile le corps et l'âme.
De par le monde, de par les temps,
On te bâillonne, on te méprise,
On te bat et on te viole ; on prétend
Que le Diable étend sur toi son emprise.
Combien de guérisseuses se consumèrent
Sur les bûchers de l'Inquisition ?
Pourtant tu es la vie, la mère.
Me battre pour toi, telle est ma mission.

Serpentine

La nuit me fait offense.
Un corbeau plane au-dessus de mon nid ;
Fantôme de mon insomnie,
Dans ce gouffre où je m'abîme, sans défense.
Je t'implore, sommeil, mon ami.
Je pleure dans le silence.
Le corbeau vole mon innocence.
Ce soir, cauchemar est mon promis.
L'oiseau de malheur viole mon cœur ;
Son bec effilé enfoncé loin dans mon âme.
Mon drame est d'être sa femme.
Ce démon me fait mal, me fait peur.
Les loups s'invitent au festin de mes charmes ;
Sous leurs crocs acérés, je meurs.
J'ai si froid en cet hiver où je demeure.
« *Que mes larmes d'ivoire vous désarment !* »
La meute sauvage dévore mon corps
Et le donne en pâture au corbeau.
Le mal se nourrit du beau.
Symphonie macabre dont voici l'accord ;
Mon cri de haine face au bourreau :
« *Masqué dans ta cruauté, tu te crois fort*
Mais je vaincrai la mort.
Je briserai chaînes et barreaux ! »
Le prince des ténèbres hante mon rêve.
Sur l'autel du sacrifice,
Ma pureté abreuve son vice.
Ses vampires ne me laissent nulle trêve.

Je suis la proie de leurs maléfices.
Ma vertu, ils m'enlèvent.
De mes veines s'écoule la sève.
Pour pervertir, ils savent mille artifices.
Le poison se mêle à mon sang.
La métamorphose s'opère ;
Serpentine je suis, mi-femme, mi-vipère.
Je subjugue, j'hypnotise le monstre volant.
Je crache mon venin dans son repaire.
J'étouffe les créatures en me lovant
Autour de leurs gorges, les enserrant
Dans une mortelle étreinte, en enfer !
Enfin libérée, je ressuscite.
Je goûte un repos authentique.
Mon bonheur est mirifique.
Au banquet de la vie, un ange m'invite.
Je m'éveille dans l'aurore magnifique.
Le parfum de la rose humide excite
Mon désir de vivre et suscite
En moi un amour mystique.

La chanson d'Ève

Des cicatrices brûlent, acides.
Le cœur en exil, à corps perdu,
J'ai plané dans le vide,
Tel un ange éperdu.
Longtemps, j'ai apprivoisé ma douleur
À grand renfort de narcotiques.
Prisonnière de nocturnes frayeurs,
Je me croyais maléfique.

REFRAIN
Je suis un ange, en mal de ciel.
J'ai vu la face obscure du désir.
Dans les vices, j'ai perdu le goût du plaisir.
Mes démons troublent mon sommeil.

Amnésie partielle d'une autre vie
Où je devins l'instrument du mal.
Tant démoniaque qu'angélique, je survis…
J'ai succombé – suis-je coupable ? –
D'avoir vénéré le diable personnifié,
Esclave dépravée de ses sbires ;
Mon calice, aux messes noires sacrifié,
Chair rosée offerte aux morsures des vampires ?

REFRAIN
Je suis un ange, en mal de ciel.
J'ai vu la face obscure du désir.
Dans les vices, j'ai perdu le goût du plaisir.
Mes démons troublent mon sommeil.

Que n'ai-je renoncé à mon royaume
Pour avoir suivi ce serpent ?
Que n'ai-je croqué cette pomme ?
Je suis maudite jusqu'à la fin des temps.
Ève, princesse aux pieds nus, je pleure
Des larmes de sang, condamnée à errer
En ce désert aride et ingrat, j'ai peur
De perdre la vie, en mes entrailles, implantée.

REFRAIN
Je suis un ange, en mal de ciel.
J'ai vu la face obscure du désir.
Dans les vices, j'ai perdu le goût du plaisir.
Mes démons troublent mon sommeil.

La prière de l'ange nu

Quel homme saura apprivoiser mes peurs,
Guérir la blessure au fond de mon cœur ?
Mon âme sœur, je l'espère en vain.
Ingénue, je cherche ta main.

Quel homme comprendra mes poésies,
Ce besoin d'écrire qui me maintient en vie ?
Je n'ai connu que des rapaces
Qui d'effroi me glacent.
Évade-moi !
Serre-moi contre toi.
Enchante mes rêves
Au velours de tes lèvres.

Celui dont je rêve aurait la patience
D'attendre que je lui accorde ma confiance.
Il me dévoilerait son cœur avant
De mettre son corps à nu, tout doucement.

L'ange nue préfère qu'on l'effleure
Pour qu'elle s'épanouisse, telle une fleur,
Dans la douceur des baisers de velours,
Bouton de rose éclose sous l'astre du jour.

Soulève-moi !
Garde-moi contre toi.
Enchante mes lèvres
À la magie de tes rêves.

Qu'il me berce tendrement, de son écorce
Me recouvrant pour m'insuffler sa force.
Qu'il enflamme mon âme glacée
Au feu de nos deux cœurs enlacés.

Alors, je n'aurais plus peur d'aimer.
Je lui ouvrirais mon cœur pour lui montrer
Les trésors que, jalousement, je cache,
Attendant celui qui mérite que je m'attache.

Love-moi contre toi.
Enchante mes rêves
Au miel de tes lèvres.
Enlève-moi !

Rhapsodies blues

Le violon verse ses larmes d'or
Dont les charmes me désarment.
Sanglotent les Tziganes dans ces accords ;
Tout un peuple qui pleure ses morts,
La musique comme seule arme.
Dans un champ de coton, le blues rythme
Au son du banjo, le labeur de l'esclave.
Chantant en sueur, par cet hymne
Il s'évade, rythme-blues et négritude riment.
La musique, seule lueur à son enclave.

REFRAIN
Chaque musicien a, au fond du cœur,
La profonde cassure qui le transcende.
Poignant, le chant éclos des cendres du malheur
Susurrent les sirènes des légendes.

Un ange désenchanté m'enchante,
Mélancolique mélodie berce mon âme.
Sa voix, comme une caresse, est obsédante.
Sa chanson étrange est entêtante.
La musique, seul refuge au drame.
Un solo de guitare électrique,
Puis le cri d'un poète maudit
Qui ose hurler sa révolte hystérique
Contre la société qui n'a rien de magique.
La Musique, seul remède aux maladies ?

REFRAIN
Chaque musicien a, au fond du cœur,
La profonde cassure qui le transcende.
Poignant, le chant éclos des cendres du malheur
Susurrent les sirènes des légendes.

Sa liberté de penser en étendard,
Sa voix de baryton me plonge ailleurs
Pour célébrer une femme, sans fard,
Pour chanter la vie, le monde, l'amour.
Sa musique enflamme mes heures.
Elle m'offre la vie en rose,
Une môme qui ne regrette rien,
Sa voix pure comme la fleur fraîche éclose.
Décrocher la lune, elle ose.
La musique de Piaf vibre dans les refrains.

REFRAIN
Chaque musicien a, au fond du cœur,
La profonde cassure qui le transcende.
Poignant, le chant éclos des cendres du malheur
Susurrent les sirènes des légendes.

Le bijou amitié

L'amitié ne se vend ni ne s'achète.
Amitié sincère elle s'offre de tout cœur.
Mais elle n'a de prix que celui du bonheur,
Inestimable trésor qui reflète
Tous les joyaux de la terre.
Intemporelle, belle et pure
Émeraude ou diamant, elle perdure.

Elle est rempart contre la misère,
Sédiment de la paix,
Tolérance et partage,

Une promesse, un gage ;
Nous pardonne nos actes ratés,

Toutes nos fautes sont confessées,
Rachetées par la force de l'amitié ;
Élévation des sentiments vrais,
Sertie de fidélité,
Ornée d'éternité,
Réunis en un bijou rare ; l'amitié.

Papa

Papa, repose en paix aux cieux éternels !
Sur le marbre, aucune fleur aussi belle
Que l'âme de maman qui déjà te rejoint ;
Mon frère avait ouvert le chemin.

Je pleure le seul homme de ma vie
Qui ne m'a jamais fait souffrir, Henri.
Je maudis ces années loin de ma famille,
Ployant sous la Tramontane telle une brindille.

L'enfant prodigue, revenue de son exil,
Voit partir son père au cœur trop fragile.
Tu avais le cœur si gentil,
Qu'à force d'amour, il se rompit.

Toi seul as su me pardonner
Les erreurs d'une jeunesse désordonnée.
Tout le poids de la tristesse du monde
Sur mes frêles épaules, je m'effondre.

Il m'en faut du courage pour me relever,
Pour accepter la vérité ; désormais
Pour te parler, face à un tombeau,
Je dois prier le Très-Haut.

Mes Landes

Il est une forêt enchantée,
Une forêt de conte de fées,
Par le génie des fontaines, hantée.
Majestueuse forêt d'éternité,
Où erre, cherchant son aimée, l'esprit d'Orphée.
À l'ombre des pins, j'aime à m'étendre
Pour entendre l'esprit des bois chuchoter
En rêve, les secrets les plus tendres :
« La biche aux abois, choisissant de prendre
Le chemin magique se changea en beauté ».
Il est des lacs, étincelants miroirs de l'âme
Où Ondine, souveraine aquatique,
Transcende ma poésie de sa flamme.
Sur l'onde calme, le jour se lève, je rame
Contemplant des paysages magnifiques.
Je sais la tonne de mon ami le chasseur,
Dissimulée par les ajoncs et le roseau.
Envoûtée par ses talents de conteur,
J'écoute les légendes avec bonheur.
La fée des eaux s'est penchée sur mon berceau.
Il était une fois l'océan Atlantique,
Impétueux, aux vagues tumultueuses,
Aux marées à l'humeur lunatique,
Où Méduse, la maléfique,
Me transperce de ses yeux de tueuse.
Ses dunes de sable fin le protègent
Du regard trop avide des profanes.
Discrète, j'observe le manège

D’une sirène jetant ses sortilèges,
Pour son chant charmant les marins se damnent.
Entre ce pays de cocagne et moi
C’est une histoire d’amour,
De saveurs, de sensations et de foi,
De parfums qui suscitent mon émoi.
Mon pays, je t’aime pour toujours.

Chavirer les étoiles

Tutoyer les étoiles
Et poétiser sur les toiles
Tendues de nos destins futiles
En des échos inutiles
Comme autant de navires
Qui chavirent.

Quelques mots de l'auteure…

« Mais je n'suis pas folle.
J'ai donné mon âme au diable.
Je n'suis pas folle.
Je suis seule.
Je n'suis pas folle.
Les gens m'ont rendue coupable.
Où est le bémol ?

Laissez, laissez-moi être qui je suis.
Laissez, laissez-moi vous dire ce que je vis.
Laissez, laissez-moi être qui je suis.
Laissez, laissez-moi vous dire ce que je vis. »

ALIOSE, *Je n'suis pas folle*
2017, Warner.

PRISONNIÈRE D'UN TROUBLE INSAISISSABLE, J'AVALE SIX THYMORÉGULATEURS PAR JOUR, PLUS UN ANTIPSYCHOTIQUE AU COUCHER. Tous sont nécessaires pour maîtriser des humeurs changeantes, assorties d'angoisses et d'abattement. C'est un traitement lourd et contraignant que je dois prendre à heures fixes si je veux pouvoir fonctionner à peu près normalement. Toujours pour les mêmes raisons, je vois une psychiatre toutes les trois semaines.

J'ai été diagnostiquée bipolaire fin 2003 à l'issue d'un séjour de trois mois en hôpital psychiatrique. J'avais quitté Maître Lionel un peu plus tôt, Lucas me manquait terriblement et mon père venait de décéder, ce qui me précipita dans une profonde dépression. L'hérédité est pour beaucoup dans ma pathologie. Ma mère était bipolaire. Ma sœur et mon neveu, ainsi qu'un cousin, le sont aussi. Les chocs affectifs et les mauvais traitements subis tout au long de ma vie m'ont enfoncée progressivement dans cette maladie mentale.

Pour autant, depuis 2003, je me suis toujours battue et j'ai réussi, tant bien que mal, à me stabiliser. L'écriture m'aide énormément. Elle constitue ma meilleure thérapie. Il fallait que je raconte mon histoire. C'était une nécessité. J'ai longtemps hésité, et puis je me suis lancée. Je devais enfin devenir spectatrice de ma propre histoire en la couchant sur le papier. Écrire, c'est une délivrance.

La bipolarité, je vis avec. On n'en guérit pas. On est condamné à prendre un traitement à vie, à voir son thérapeute régulièrement. C'est comme ça, il faut faire avec. Alors, cette pathologie, je l'ai apprivoisée. C'est la maladie de l'émotion, j'en ai fait ma chance. Mes émotions, je les exprime au travers de mes écrits, j'aime être une auteure.

Cette maladie couvait en moi depuis toujours. Elle s'est beaucoup exprimée lorsque je vivais sous les ordres de Lionel. Sans traitement dans cette vie de misère, elle a causé des dégâts irréversibles. Les bipolaires sont plus souvent victimes de tentatives de suicide, surtout lorsqu'ils ne sont pas détectés. Ils développent souvent un comportement addictif : alcool, drogue, sexe… qu'il fut facile pour Lionel d'exploiter. Je ne cherche pas à excuser ma conduite, simplement à la comprendre. J'étais fragile et donc facilement manipulable entre les mains de quelqu'un tel que lui.

Au fond de moi, je suis restée cette petite fille dans cette cour d'école, cette enfant dont on se moquait. Mon cœur est rempli de doutes au moment même où je m'apprête à vous livrer l'histoire de ma vie. Je me sens vulnérable, mise à nue devant vous qui me lisez. N'allez-vous pas me juger ? Je me suis toujours sentie incomprise.

Ma vie à présent est faite de toutes petites victoires remportées au jour le jour. Cependant, un rien me déstabilise, un mot, une remarque et je bascule du mauvais côté du trouble bipolaire. Dans ces cas-là, je vois tout en noir et j'en veux à la Terre entière. Mais finalement, je crois que, malgré la maladie et les traumatismes, j'ai trouvé une forme d'équilibre qui ressemble à du bonheur. Je me contente de petits riens du quotidien, mis bout à bout, ils rendent l'existence plus belle. La vie vaut la peine, je tourne la page.

Collection Magnitudes
Dirigée par Yoann Laurent-Rouault

Notre collection littéraire phare regroupe toutes sortes d'œuvres remarquables, qu'il s'agisse de romans, de récits ou de nouvelles. Chaque auteur(e) de cette collection a une empreinte distincte, tant dans le style de son écriture que dans sa personnalité.
Notre collection littéraire phare regroupe toutes sortes d'œuvres littéraires, qu'il s'agisse de romans, de récits, de nouvelles, etc. Cette collection a la spécificité d'introduire des chiffres dans le domaine littéraire. Sur chaque livre de la collection est apposé un chiffre qui traduit le caractère plus ou moins choquant du texte.

4.0 Petite magnitude, frémissement. Texte tout public.

5.0 Moyenne magnitude. Texte tout public.

6.0 Assez forte magnitude. Texte comportant des éléments susceptibles de heurter la sensibilité du lecteur.

7.0 Forte magnitude. Texte pour lecteur informé.

8.0 Très forte magnitude. Texte pour lecteur averti.

9.0 Magnitude extrême. Texte déconseillé aux âmes sensibles.

A paraitre dans la collection Magnitudes

- **Villa des orangers**
  Régine Ghirardi - Magnitude 4.0
- **Alice aux petites balles perdues**
  Aurélie Lesage - Magnitude 7.0
- **Le carré jaune des fenêtres**
  Malo de Braquilanges - Magnitude 5.0
- **De Stockholm à Lima**
  Ana Jan Lila – Magnitude 9.0

Découvrez les autres collections de JDH Éditions

Drôles de pages
Uppercut
Nouvelles pages
Versus
Les collectifs de JDH Éditions
My feel good
Romance Addict
Les Atemporels
Quadrato
Baraka
Les Pros de l'éco

Découvrez les autres romans de la collection Magnitudes

- **Le chant des Brisants**
  Alain Maufinet - Magnitude 5.0
- **Printemporel**
  Louise Frottin – Magnitude 8.0
- **Le connard nu**
  Arthur Saint-Servan – Magnitude 7.0
- **Le grand con**
  Tony Gallau – Magnitude 7.0
- **L'âme du manguier**
  Béatrix Delarue – Magnitude 5.0
- **Colliers de nouilles**
  Martine Magnin – Magnitude 6.0
- **La tragédie de Fidel Castro**
  João Cerqueira – Magnitude 8.0
- **Poupée musclée sur lamelles de bonheur**
  Inès Vignolo – Magnitude 8.0
- **La demoiselle de nulle part**
  Thomas Degré – Magnitude 7.0
- **Frissons avec sursis**
  Didier Michel – Magnitude 7.0
- **Arythmies**
  Laetitia Cavagni – Magnitude 8.0
- **D(i)eux**
  Franck Antunes – Magnitude 6.0

Printemporel
de Louise Frottin

« On vit cette histoire, on ressent ces émotions, parfois tristes, parfois pleines d'espoirs... Un hommage à ces femmes battues, un message... Vivre! »

L'Édredon

La revue littéraire de JDH Éditions

Venez découvrir les textes de la revue